EDUARDO GOLDENBERG
JULIO BERNARDO

De hoje não passa

mórula
EDITORIAL

REVISÃO
Marília Gonçalves

ILUSTRAÇÕES
Humberto Hermeto

PROJETO GRÁFICO E DIAGRAMAÇÃO
Patrícia Oliveira

CIP-BRASIL. CATALOGAÇÃO NA PUBLICAÇÃO
SINDICATO NACIONAL DOS EDITORES DE LIVROS, RJ

G566d Goldenberg, Eduardo, 1969
De hoje não passa / Eduardo Goldenberg, Julio Bernardo.
– 1. ed. – Rio de Janeiro : Mórula, 2019.
128 p. ; 21 cm.

ISBN 978-85-65679-83-1

1. Crônicas brasileiras. I. Bernardo, Julio. II. Título.

19-54934 CDD: 869.8
CDU: 82-94(81)

R. Teotonio Regadas 26, 904 — Lapa — Rio de Janeiro
www.morula.com.br | contato@morula.com.br

Para Leonel Piana Goldenberg

É tudo, e será sempre assim, por amor.
EDUARDO GOLDENBERG

Não é você que larga a vida,
é a vida que larga de você.
JULIO BERNARDO

SUMÁRIO

Enquanto bebemos à espera do último copo

O que esperar da troca de correspondência de dois amigos de longa data? Muita ternura e tudo que possa ganhar *status* de vizinhança. Mas, se esses amigos além de tudo são dois ótimos escritores, você também é brindado e contemplado com ótima literatura (Kerouac/Ginsberg, Jorge Amado/Saramago, Armando Freitas Filho/Ana C), confissão de boteco onde cada um tem seu tempo para falar o que lhe vier à cabeça e contar o que lhe interessa no momento, sem a presença às vezes restritiva de um interlocutor *in loco*. O tijucano Eduardo Goldenberg fica sabendo que vai ter um filho, o seu primeiro filho, que vai se chamar Leonel em oportuna e entusiasmada homenagem ao ídolo Leonel Brizola. Uma espécie de renascimento, um sopro de vida nas velhas artérias que faz com que ele escreva maravilhado durante todo o livro, sobrevivendo às custas da boa nova que não lhe sai da cabeça em nenhum momento. Julio vive o extremo oposto, um salto no escuro, sem motivo pra comemorar, bebendo o fel do amargor com duas pedras de gelo de poética melancolia: "não conheço maneira mais honrada de morrer que a atitude de ter um filho". E, entre lembranças boêmias, cólicas e paternidade, o livro vai deslizando suave como um bom trago de whisky. Apenas dois amigos, seus dissabores e esperanças, suas mulheres e a falta delas – "as mulheres só me suportam bêbado" / "Deus me livre e guarde, Julio! Desconjure! Se você já é tão amargo bebum imagine sóbrio? Eu tô é fora!" –, suas tentativas de suicídio discreto, eventuais turbulências em um voo que parece fadado ao leve farfalhar de nuvens sem maiores consequências. Enquanto Eduardo parece não se conter de alegria e ansiedade contando os dias que antecedem a chegada do filho, Julio enumera seus dias de infortúnio que culminam na tentativa de se empregar como *Santa Claus* em um boteco onde poderia "xingar os convidados" e acaba por sair de lá chutando renas e duendes assim que descobre que o evento é patrocinado por uma marca de cachaça repudiada por ele. Enquanto Julio lamenta tristemente o suicídio do grande escritor cozinheiro Anthony Bourdain, Edu segue otimista prevendo e planejando o encontro dos amigos no final de ano. Duas vidas correndo paralelas, mas ligadas pela simbiose perfeita da amizade. É um livro para ler sem reservas, para ser devorado com sofreguidão como um dos pratos adorados pelo chef Jota Bê (pseudônimo do escritor Julio Bernardo), como a dobradinha de Talitha Barros (iguaria também venerada por esse que vos escreve). Um livro que persegue dias de sol mesmo nos períodos mais nublados. Por isso não há por que estranhar, perdida entre questões cotidianas, uma declaração que pode soar tão niilista quanto essa de Julio: "os vitoriosos que me perdoem, mas as derrotas são muito mais bonitas e, mais que isso, fundamentais". É só não esquecer a capa de chuva quando sair pra tomar um Dry Martini e levar o Shoyu pra passear.

MÁRIO BORTOLOTTO
Escritor, dramaturgo, ator e compositor

Quem sabe de si: cem vezes Tijuca

"Dirija-se imediatamente ao Bar Brasil! Sou o novo advogado do Rodrigo Vianna, e se você seguir as instruções tudo dará certo. Sim, Bar Brasil, na Lapa. Imediatamente!"

Sentado à minha frente na mesa, Edu falava ao meu telefone. E encerrou abruptamente a ligação, sem dar ao interlocutor do outro lado da linha nenhuma chance de contestar.

Sob efeito de cinco Steinhaegers e dez chopps (Edu tinha bebido o dobro), eu tentava compreender o que significava aquela frase imperativa. Sim, era no meu celular, e para uma pessoa que ligara pra mim, que Edu Goldenberg dava instruções! Sem nenhuma cerimônia...

Àquela altura, já éramos amigos de toda vida. E a vida toda cabia numa tarde. Mas tínhamos nos conhecido há menos de duas horas. Ou seria o dobro?

Nosso encontro tinha começado na hora do almoço, num dia de semana no centro do Rio, e se prolongava perigosamente para o início da noite, quando o telefone tocou. Edu deve ter percebido que eu não tinha nenhuma condição etílica de decidir coisa alguma com a pessoa ao celular. E tomou a frente. Foi uma forma também de me dizer - e ele gosta desses avisos indiretos, como eu aprenderia ao longo da fraterna convivência: "vamos avançar nessa farra, nem pense em ir embora".

A farra se prolongou: do Centro para a Lapa. E, nas semanas seguintes, chegaria evidentemente à Tijuca. Dez vezes Tijuca. Cem vezes Tijuca. Ou seria o dobro?

Era, de toda forma, um encontro improvável. Eu estava de passagem pelo Rio – cidade que amo desde sempre e que frequento de forma sistemática há pelo menos duas décadas. Na manhã daquele mesmo dia, navegando pela internet, esbarrara num vídeo antigo de um certo Goldenberg: a imagem mostrava o sujeito que, em tom desafiador, invadia a transmissão ao vivo da Globo para pedir voto no Brizola: "faz um 12!".

Pronto, eu agora precisava saber quem era aquele cara, responsável pelo gesto que me pareceu – a um só tempo – despretensioso e heroico.

Escrevi a ele, pelo Twitter. Me apresentei como jornalista paulistano e também brizolista, o que deve ter gerado no Edu uma curiosidade zoológica, porque ele marcou para a tarde do mesmo dia: "Casa Urich, restaurante alemão, perto do meu escritório. Estarei sentado na mesa que frequento há vinte anos".

Logo estava eu também sentado à mesa e, em poucas horas, já conhecia a vida do Edu: a família tijucana, o sobrenome judeu de um carioca que frequenta terreiros e procissões católicas, os casos engraçadíssimos ocorridos em botequins da zona norte – que ele descreve com a precisão com que um cartógrafo descreve a Bacia Amazônica.

Amazônico. Exagerado. Mas preciso, obsessivamente preciso. E como escreve bem o danado! Conheci ainda as histórias tristes, a doença da Dani e o sofrimento da viuvez precoce. E também – parece mentira que tudo isso tenha vindo na mesma tarde – conheci o sol que naquela época começava a iluminar a vida do novo amigo: Flávia Piana, mundialmente conhecida como Morena, entrou pisando firme no salão da Casa Urich, passou uns 15 minutos com a gente e logo saiu para não sei que compromisso. Na hora, meu santo bateu com o dela. E, na hora, já sabia que o Edu teria um filho com a Morena. Descobri que ele é um tijucano preso às tradições, mas tremendamente aberto ao mundo: tanto que abriu o coração e a vida para uma paranaense.

O leitor terá o prazer de encontrar um pouco desse Edu, cartógrafo de botequins e emoções, ao percorrer a troca de correspondência entre ele e outro paulistano, o Julio – que, aliás, vim a conhecer num magnífico jantar à mesa de Morena e Edu, com a janela do apartamento generosamente aberta para os alpes tijucanos e a praça Afonso Pena.

Todas as águas do Edu levam sempre à Tijuca, aos amigos, às histórias emotivas, ao samba e à adoração por Brizola e Aldir Blanc – duas paixões que dividíamos sem saber.

Confesso que não acreditei quando ele me disse que era um dos grandes (e raríssimos) interlocutores do gênio da Muda. Entre Steinhaegers e a amizade de vida toda que nascia, o telefone do Edu também tocou. E, do outro lado, era o Aldir. Pude ouvir a voz gutural do compositor, que consultava o amigo sobre não sei que assunto transcendental.

Ao desligar, o Edu tinha os olhos marejados. Toda vez que fala com Aldir ele fica assim. E emendou histórias geniais envolvendo o autor de "Cabaré", a mais linda e mais triste canção de todos os tempos: "Nem aplauso nem vaia, um silêncio de morte / Ah, quem sabe de si nesses bares escuros / Quem sabe dos outros, das grades, dos muros".

Naquela tarde mágica na Casa Urich, não havia muros nem silêncio de morte. Naquela tarde,compreendi que Nelson Rodrigues não havia inventado quase nada. Nos anos seguintes, o amigo que parecia saído de uma crônica rodrigueana, me levou para conhecer os encantos da Tijuca. Dez. Cem vezes.

Numa dessas excursões inesquecíveis, Edu gravava uma série de vídeos sobre botequins, que começou no Pavão, se estendeu ao Twistinho (eu ia escrever com "u", mas o obsessivo manda avisar que é com "w"), onde degustamos maravilhosas iscas de fígado, e avançou entre passos cambaleantes até o Bar Madrid – com batidas de maracujá que não experimentei tão boas em parte nenhuma do planeta.

A excursão etílica terminou no Bode Cheiroso, ali pelas bandas do estádio do Maracanã, onde vimos o Leo Boechat bater o recorde mundial de Chás de Macaco e Águas de Morcego, dois drinks que só existem na Tijuca.

Voltei dez vezes (ou cem, ou o dobro) ao Madrid, a convite do Edu. O bar não serviu só para falarmos de música ou para conspirarmos contra a extrema-direita. Virou também consultório sentimental, em que tive uma das conversas mais profundas da vida. E naquela tarde nem havíamos bebido, porque o Edu tinha prometido à Morena que só tomaria água com gás até o nascimento do pequeno maragato. É inesquecível, aliás, o dia em que eles anunciaram, na mesa da Majórica, que Leonel estava a caminho.

Percebo que este prefácio virou uma longa carta (o Julio é mais econômico e mais elegante em suas epístolas) que nunca escrevi ao Edu. Se o Julinho é o avesso do paulistano perto do qual se vive em absoluta solidão, o Edu desmente o estereótipo do carioca que jamais convida os amigos para visita. Perdi a conta de quantas vezes fui recebido por ele e Morena. Os copos de cristal tcheco, o sono no sofá cercado pelos cachorros, o barreado paranaense, a prosa carioca, a literatura, a música...

Numa dessas noites, no mesmo apartamento da praça Afonso Pena, cada amigo na sala ia escolhendo a canção que mais o emocionava. Foi uma sessão de epifania. Escolhi "Cabaré". Choramos.

Naquela madrugada, voltei pra Copacabana mergulhado no silêncio, como se tivesse saído do Cabaré descrito pelo Aldir. Mas não havia agonia nem luz a ferir os olhos.

Até porque eu sabia que, do outro lado dos alpes tijucanos, logo ali, havia um amigo do peito e sua parceira, com quem eu podia contar.

Quem tem amigos na Tijuca sabe de si e sabe dos outros.

RODRIGO VIANNA
Jornalista

Mais saboroso que literatura: é coquetelaria

Depois de uma certa idade fica difícil fazer velhos amigos. Daqueles com quem você pode falar qualquer coisa, mas geralmente não fala nada de importante, porque não precisa. Amigo velho é aquilo: você fica um ano sem ver e parece que passou um dia. Intimidade instantânea, empatia e simpatia, liberdade de falar merda – as maiores merdas – sobre deus, o diabo e tudo que há sob o sol.

Eu não sou amigo do Julinho, mas sou quase um velho amigo. Não temos a convivência de compadres. Ficou óbvio pros dois desde que a gente se viu pela primeira vez que poderíamos ser amigos. Mas nossas rotinas e horários são muito diferentes. Eu tenho filho e ele cachorro, ele sabe fazer São Paulo funcionar para ele e eu me escondo no meu bairro. Então somos simplesmente camaradas.

Mas camaradas que se conhecem muito bem, porque demos essa sorte, e porque nós dois escrevemos e somos muito transparentes na nossa escrita. Ele, mais aberto sobre sua vida pessoal, porque cronista na nossa melhor tradição.

Eu, muito explícito nas opiniões e posições, porque jornalista e paga-pau de jornalistas assim. Ambos bocudos. Ambos despreocupados se agradamos ou desagradamos o leitor, se fazemos amigos ou inimigos importantes.

Ele me lê desde menino, imagine, só nove anos de vida nos separam. Suficiente para ele ter 16 e eu 25, ele ser um garoto roqueiro da Lapa e eu o quase garoto editor da revista Bizz, onde era um dos raros defensores de dinossauros como os que ele ama – Deep Purple! Nos vimos outro dia no show dos véio.

E eu leio tudo que ele escreve e acompanho tudo que faz. Os livros incríveis, Dias de Feira e Edifício Tristeza. Os vídeos no YouTube. Seus pitacos sem dó nas redes sociais. Desde lá atrás, seu blog, o Boteco do JB.

Temos muito em comum e uma conexão estilística especialmente forte. Escrevendo sobre nossos "temas", a gente escreve sobre tudo, do planeta aos nossos umbigos.

Quem me apresentou foi um amigo comum, Álvaro Pereira Jr., que, como nós dois, gosta muito de comer e, como nós, não tem papas na língua.

Tomávamos uma cerveja lá vai uma década ou mais e ele me falou desse blog de um cara que escrevia bem paca, arrumava treta com todos os queridinhos do mundo gastronômico e não tava nem aí. Mas que ao mesmo tempo era rigoroso nos argumentos, batia porque era exigente, não pra aparecer, e zombava da metidez e pseudice dos chefs & cia., porque, como nós, sempre via primeiro nos ídolos os pés de barro.

Se passou pelo crivo do Álvaro, é coisa fina e, frequentemente, fina e grossa. Idem Barça e Paulão. Logo formamos uma sociedade de jornalistas / admiradores do Julio / fundadores do programa Garagem: Álvaro, André Barcinski,

Paulo César Martin e eu. Trocávamos e-mails e risadas com a última lambada do Julinho no restaurateur da moda. Até que eles se conheceram, se grudaram, e uma hora finalmente trombei o mestre ao vivo.

Julio, que escreve pra cacete, arrisca ser melhor ao vivo que escrevendo. Como, aliás, os outros três citados. Em pessoa, é tão afiado quanto nas páginas, mas talvez mais relaxado e vulnerável.

Não que se esconda atrás das letras. Puta merda, leia seu site ou o Edifício Tristeza: quem no nosso mundo literário expõe tanto as próprias cicatrizes, cabeçadas, cagadas?

É mais que literatura, é coquetelaria – tudo na dose certa, ingredientes selecionados, técnica refinada, copo correto, gelo do bom (por favor). E como boa birita, mexe com a cabeça e o coração, dá torpor e tesão.

Eu queria ser rico pra dar um *talk show* pro Julio, pro povo ver que bom de papo ele é. Ou talvez uma engenhoca super tecnológica que permitisse ele camuflar sua aparência ao toque de um botão, para se infiltrar impunemente nos restaurantes chiques. Imagine que série de TV isso rendia.

O Edu Goldenberg, esse brizolista biruta, eu conheci agora, de ler esse livro. Perda minha! Mas agora, ganho um novo camarada. Já tá na bica pra entrar no rol dos velhos amigos.

Também escreve pra dedéu, e agora vou fazer o maior elogio possível a essa troca de chumbo entre os dois: me lembrou aquele livro de cartas entre o Ivan Lessa (ave, ave) e o Mário Sérgio Conti. Reunia a correspondência deles no UOL, chama "Eles foram para Petrópolis". Sem o gênio demente & refinado do Ivan – missão impossível –, mas com demência e refinamento de sobra.

Julio e Edu escrevem sobre tudo – comida e bebida, futebol e família e putaria, e São Paulo e Rio e Brasil, e alegria e tristeza, vida e morte – escrevendo sobre eles mesmos. E escrevem sobre eles mesmos escrevendo sobre tudo. Inspirado por eles, escrevi aqui sobre o Julio, escrevendo sobre mim. E o contrário. Como se tivesse tomado umas. De preferência, com eles.

É um mundo melhor, mais inteligente e sensível e farrista, em que gente como esses dois papeiam desse jeito, e a gente pode assistir, absorver e aprender. Eu queria ter mais conversas assim, mais dias e noites assim, uma cidade mais assim, um planeta mais assim. E terei. Vejo vocês no lançamento, rapazes.

ANDRÉ FORASTIERI
Jornalista

AS CARTAS

“

Não nutro nenhuma fé e tenho visão profana do mundo. Com exceção do ato de escrever, esse que considero sagrado. Meu dia se torna santo quando sento à mesa e escrevo.”

[São Paulo, 19 de agosto de 2017]

Edu,

Você sabe como descobri que homem tem cólicas? Foi num nublado fim de tarde paulistano, nos idos de março desse ano, quando, após insuportáveis dez horas de imensa dor, me dirigi à minha vizinha Santa Casa da Misericórdia, onde esperei cerca de duas horas pelo tal do pronto atendimento.

Nesse meio tempo, vi um bandido ensanguentado e escoltado por policiais adentrar o salão junto com uma velhinha solitária e enfartada, entre outras coisas. Um cenário dantesco no qual claramente o menor problema era o meu.

Mas a dor não passava e quando a doutora chegou eu quase esbocei um sorriso, esse que decerto seria deixado no vácuo, de maneira que o engoli junto com a dor. Ela me fez duas ou três perguntas rápidas, disse secamente ao enfermeiro ao lado "Buscopan" e foi tratar do que era importante de fato em seu já tão sofrido turno.

Pro meu espanto e completo constrangimento, apenas cinco minutos após a aplicação, a dor passou 100%, e foi aí que perguntei ao enfermeiro – jamais à doutora! – a causa de tamanha dor. Ele me explicou que era uma mera cólica, enquanto assinava minha alta e me dava uma pulseirinha VIP de saída em direção aqui ao pedaço da Grande Crackolândia, onde moro agora. Fui embora com o famigerado corpo sarado e a honra abalada, prometendo jamais usar novamente um serviço público por algo menor.

Acontece que a dor voltou nessa semana, de maneira ainda mais violenta, dessa vez acompanhada de forte gripe e irritante inflamação na garganta.

Claro que, por motivos mais que óbvios, não voltaria à Santa Casa. Então resolvi me internar no meu quarto. Com a ajuda de duas preciosas amigas, que me trouxeram remédios, água e frutas – além de terem passeado com o pug Shoyu, verdadeiro dono da casa –, encarei o desafio de ser meu enfermeiro e garanto que fui um paciente bem chato, pelo menos na primeira noite, quando a febre me fez uivar e me causou alucinações terríveis, cheguei a pensar que estava sofrendo de *Delirium Tremens*. Será que já cheguei nesse estágio?

O maior estímulo pra levantar da cama foi escapar da maldita programação da TV aberta, já que não tem cabeamento na rua onde moro. A NET não se importa com a Praça da República, sei lá, deve ser região pouco central pros caras. Mas que a combinação novela + Datena é um estímulo à cura, isso é. Um dia ainda recomendo esse tratamento de choque aos hospitais e fico rico, você vai ver.

Então hoje, com alguma fraqueza e certa dificuldade, levantei para uma das duas voltas diárias de Shoyu.

Sábado o Centro paulistano vira um parque rodeado de famílias felizes e jovens armados de patéticos coques que me deprimem um bocado. Não tinha lugar disponível nem no balcão do Café Floresta, esse que por sua vez consegue servir ao mesmo tempo o pior café e o melhor suco de laranja do Planeta Tristão (se você pede o suco gelado, o velho português tem a moral de retirar exatas quatro laranjas da geladeira para a caprichada extração de seu sumo, nada de gelo vagabundo de posto de gasolina no copo).

Mas fato é que o contraste entre o universo do meu quarto e o que se tornou o mundo contemporâneo me deixou ainda mais pra baixo e me levou a questionar se meu quarto de século não se passou já há certo tempo. De maneira que às vezes acho que só tô esperando mesmo meu cachorro morrer pra dar um fim nessa porra toda. Chega uma hora em que precisamos admitir as próprias derrotas e pelo menos cogitar mais seriamente a data da falência final.

Mas como? E onde?

Bem, apesar de ter pesadelos frequentes com uma feirinha de *food trucks* que ocupava a praça Afonso Pena durante minha última visita à sua casa, também não me sai da cabeça a imagem de simpáticos velhinhos se exercitando em antigos aparelhos dispostos numa pitoresca e rara espécie de academia a céu aberto. Mas que atividade pré-mortis mais digna, pensei comigo mesmo.

Daí cogitei em começar o dia cortando o cabelo e fazendo a barba no Raul, da Barbearia América, depois matar uma empada no Bar do Chico, não deixar de beber o esplêndido

Maracujá do Bar Madrid e fechar a tarde batendo o frango assado na sagrada brasa do Rex. Mais à noite, cair na jogatina com os velhinhos da praça, que bem os filmei da janela de seu quarto num sábado qualquer e, modéstia às favas, ninguém ganha de mim nas Damas. Por fim, meio da praça, uma garrafa de uísque, revólver e uma bala.

Daí que finalmente chegamos à verdadeira razão do envio dessa carta, e peço desculpas se me estendi um tanto, é que a pergunta é delicada:

A Tijuca recebe bem os suicidas, Edu?

Beijos,
j.

[Rio de Janeiro, 24 de novembro de 2017]

Meu queridíssimo Julinho:

Você desde já me perdoe, por favor, pela demora na resposta – precisamente três meses e cinco dias. Mas se eu te disser que a Flávia completa hoje dez meses de gestação – sim, porra!, eu vou ser pai!!!, e eu não me canso de repetir isso desde o dia em que a gravidez se tornou sólida, concreta, presente e emocionante – talvez você compreenda o porquê disso, dessa demora que nada tem a ver com pouco caso. Me perdoe de verdade. Tem sido um tempo de muita angústia e de muita esperança. De medo e de tomada de muita coragem pra enfrentar aquilo que, já sei, será a maior aventura da minha vida. Mas, sobretudo, um tempo de muita delicadeza – logo eu, veja você, que tenho a fama que tenho. (Fama, aliás, semelhante demais à sua, não? Quantos já não me disseram que você é um cavalo quando, eu sei, você é dos mais doces homens sobre a Terra?)

A Tijuca não apenas recebe bem os suicidas, Julinho – indo direto à pergunta que fecha sua carta. A Tijuca anseia pela presença deles, a Tijuca os convida a caminhar por suas aleias, a beber em seus botequins, a rezar em suas igrejas antes do pecado capital da subtração da própria vida. Ao lado de casa, por exemplo, você sabe, fica o bar do Roberto, o Bar e Mercearia Guanabara – mais conhecido como CTI das Almas. E sabe você o porquê do nome? Explico.

Antes, questão de justiça e de precisão (eu sou preciso do início ao fim, você sabe): o nome teve origem numa genial expressão criada pelo nosso Felipinho, do Bar Madrid. Bebíamos, certa feita, numa espelunca do mesmo nível quando o Felipinho, condoído com o estado da assistência, soltou a pérola:

– Botequim bom, desse tipo, é um verdadeiro hospital de almas.

Gostei demais disso. Voltemos ao bar do Roberto.

Não há um só dia em que não haja, cotovelos apoiados naquele balcão de mármore, uma pequena legião de potenciais suicidas prometendo e anunciando a própria morte que, quem freqüenta aquilo como eu sabe, nunca chega. Pausa rápida: você me desculpe também pelo uso do trema, mas eu não deixarei de usá-lo, acho lindíssimo e uma pena sua supressão depois da reforma ortográfica[1].

– De hoje não passa. Chego em casa e dou um tirambaço nos cornos – e isso é dito geralmente quando o potencial suicida já está calibrado.

1 [N.E.]: este livro foi revisado, na medida do possível, nos parâmetros determinados pelo Acordo Ortográfico da Língua Portuguesa de 1990, em vigor no Brasil desde 2009. Com o trema das cartas do Eduardo Goldenberg, no entanto, não houve negociação. Se causa incômodo ao leitor, pedimos desculpa.

— Chega de promessa. Vou beber até ter coragem de me arremessar diante do 711, bem diante da sede do América.

Às vezes ouve-se um choro, um muxoxo, um lábio trêmulo abaixo de olhos vagos, aquele cigarro entre os dedos amarelados, um fungar denunciando o choro disfarçado. E segue-se a sentença:

— Último copo. Já deu.

E assim seguem, os potenciais suicidas, dia após dia, num ritual que me comove brutalmente, numa espécie de procissão imóvel, de prévio velório, de missa de corpos presentes sempre misturados ao fedor que vem do minúsculo banheiro que há nos fundos do botequim igualmente minúsculo. Os corpos encarquilhados, as mãos trêmulas, o cheiro de mijo e de merda misturado ao cheiro cortante de cloro que o Roberto permanentemente despeja no mictório pra melhorar a atmosfera, aquele bafo que vem da cozinha que, vez ou outra, sempre a depender do humor do Roberto, funciona mal e porcamente.

Há, para além do anseio coletivo pela presença dos suicidas, toda uma ambiência que torna a coisa (o suicídio) leve — ao contrário do senso comum, que fecha os olhos e faz o sinal da cruz diante da ideia do suicídio. A zona norte, a Tijuca, é — ousaria dizer — o palco perfeito pro suicida exercer seu ofício único no átimo do gesto corajoso.

Eu só não perdoo, Julinho, o suicida exibido. O exibido que perturba os outros por conta de seu gesto, como a besta que se atira diante de um trem e fode com o dia inteiro de trabalho de uma massa de gente que não tem nada a ver com o covarde.

Corajoso — e digno, e heroico, e louvado seja! — é o suicida discreto. O que quer, no máximo, chegando a sonhar com ele, o burburinho de depois.

Não estou, com isso, pelos deuses!, a incentivar seu gesto. Estou divagando. Digressionando. E, em silêncio, rezando (sim, eu rezo) pra que essa ideia sua não vá adiante. Até porque, convenhamos, seria de péssimo gosto morrer com um tirambaço no queixo (foi no que você pensou?, ou pensou no peito?) na praça Afonso Pena diante da estátua do Tim Maia, o síndico, que morou ali no entorno — como eu.

Saudade, compañero. Muito pra te contar, mas o tempo urge.

[São Paulo, 29 de novembro de 2017]

Edu,

Antes de qualquer coisa, parabéns pela paternidade. Tenho certeza de que seu filho será uma das crianças mais felizes e honradas de toda a Tijuca. Ainda mais após o longo período dessa curiosa gestação que, segundo você, já dura mais de dez meses. Um recorde, mas, de você, não esperava menos.

Já que estávamos falando sobre morte, também lhe digo que não conheço maneira mais honrada de morrer que a atitude de ter um filho.

E você é generoso demais pra seguir vivo, meu amigo. Quer dizer, pelo menos no formato solitário, curso esse, aliás, que escolhi pra mim mesmo.

Uma vez que nasça a criança, o caminho natural é que sua vida se estenda através dela, e isso é a coisa mais bonita que poderia lhe acontecer.

Vidas vêm, vidas vão, vidas mudam.

Porém, você demorou tanto tempo pra me responder que tive que buscar a primeira carta escrita pra ti e chequei com certa tristeza que me apresentei como um homem fútil e doente.

Quantas mortes um homem é capaz de suportar sozinho, Edu?

Morte em vida, suicídios cotidianos.

Pois é com certa melancolia que lhe conto que, graças a uma interrupção abrupta de medicação que o Maldito Estado deixou de fornecer, meu quadro clínico de portador de esclerose múltipla piorou um bocado nesse mês de finados que logo se encerra. Escrevo essa com o braço direito doendo bastante e considerável dificuldade da visão do olho esquerdo.

Haja gim, Edu. Haja gim.

Afinal, não é por morar na frente da Casa do Porco (n. do r.: simpático e delicioso bar aqui na frente de casa com temática toda voltada ao nosso amigo suíno) que o logradouro onde durmo tem que se transformar na Casa do Corpo. Desculpe pela piada infame, meu bom e velho amigo. É que se eu não brincar com a própria desgraça a vida decerto ganhará notas insuportáveis.

Vida que segue, vida que termina, vida que para.

Sabe que aqui na República tem um boteco com características parecidas com as que mencionou há pouco? Cheio de gente sozinha e nenhum sorriso. Pelo menos uma vez por semana entro, bebo um Campari e absorvo a dor boêmia alheia, enquanto relembro a adolescência passada com meu saudoso pai em ordinários botecos lapeanos.

Quietude, Edu. Quietude.

Porque cheguei à conclusão de que esse velho mundo anda cheio de opinião e que realmente não tenho lá muito a acrescentar mesmo.

Vida que cala, vida que contempla, vida seca.

Mas saiba que, enquanto meu corpo cansado bebe o penúltimo trago da madrugada aqui na minha mesa, meu coração está contigo na vida que está por começar e me comove como o diabo.

Então, ergo a taça de Dry Martini e ofereço um brinde ao seu filho, Edu. Que esse seja o século dessa nova geração que está por vir e com certeza dará um pau nesses moleques *millenial* politicamente corretos que tão por aí comendo coxinha de jaca.

Claro que, enquanto tiver forças e um pouco de visão, sigo documentando as poucas coisas que achar relevantes. Até porque bem se engana aquele que acha que escrevo com os olhos. E, no decorrer dessa troca de cartas, pretendo fazer confidências e revelações a você.

Confidências de Botequim.

Beijos e abraços,

j.

[P.S.]: Favor não demorar tanto pra responder. Grato.

“Termino chorando
— sou um comovido
incorrigível, você sabe.
Perdoe-me por isso.”

[Rio de Janeiro, 1º de dezembro de 2017]

Jota Bê:

Fui rápido na resposta dessa vez, não? E preciso lhe dizer, antes de deitar falação, que estranhei seu tom otimista – você é um pessimista da cabeça calva aos pés inchados – quanto ao Leonel. O nome de meu filho (é um menino, eu já havia lhe contado?!) será dado em homenagem, é claro, a meu eterno e saudoso governador Leonel de Moura Brizola. Não estranhe o fato de já sabermos, com 10 semanas, que é um menino. Quando estivermos juntos, espero que em breve, te conto o porquê de já sabermos que é um menino. Mas volto a falar de seu tom otimista quanto a ele.

Não que eu discorde, muito ao contrário, acho mesmo que ele será feliz na medida em que a felicidade dele for proporcional ao amor que já sentimos por ele e à intensidade com que o desejamos, mas isso tudo é assunto pra outra hora — como já lhe disse. O que me causou estranheza foi seu otimismo beirando a euforia (o que me preocupou sobremaneira).

Já pensei nisso que você disse: o homem morre um pouco quando nasce seu filho. Mas é mesmo esse o movimento da vida, vidas que vêm, vidas que vão, vidas que mudam. Posso olhar-me no espelho imaginário e ver o Edu ao lado da Dani com saúde. Turvo um pouco a visão, avanço no tempo, e ela adoece — e eu envelheço sei lá quantos anos. Mais uns poucos anos, ela morre e eu quase-morro junto. Fui salvo, não sei se já te disse, pelo Aldir (já disse?).

O Bardo da Muda bateu-me o telefone e, sabendo de minha condição, foi seco como um Dry:

— Ou tu continua aí bebendo e fumando na esperança de morrer e tu não vai encontrar a Dani ou então vai ter que falar, falar, falar, falar, falar, falar...

Ele ainda estava conjugando o verbo quando eu comecei a chorar e ele me mandou tomar nota de um número. Era da psicanalista que me ajudou a atravessar a tormenta do luto e que ainda me acompanha: sou outro homem, Julinho. Vivi, morri e renasci quando meus olhos bateram com os olhos da Morena e agora, veja você, eu já com quase 50 anos — Bodas de Sangue, como cantou meu Orixá Blanc por ocasião de seu cinquentenário, já éramos bem amigos... — vivendo essa plenitude que é a (expectativa da) paternidade. Não vejo a hora, Jota Bê, de morrer diante dos olhinhos dele pra renascer no segundo seguinte já investido desse cargo: pai.

Sabe que li a palavra gim na sua carta e um frio me correu a espinha. Mas deixe-me dizer-te uma coisa: eu tinha uma mãe de santo, de quem morro de saudade, Iyá Sandra, daí de São Paulo, de Guararema mais precisamente, que me dizia sempre que orixá criou o álcool pra que os homens o usassem em busca de alegria. Como andei abusando dele, passando da conta da alegria pra submergir na letargia, como meus últimos exames de sangue apontaram um leve enguiço que, disse-me a médica, pode ter a ver com o alto consumo de álcool e como a Flávia está sem beber por conta da gestação (e você bem sabe o quanto ela gosta de beber), decidi que ficarei sem beber uma gota que seja até o dia em que o Leonel nascer. Serão, então, 8 meses de abstinência (ando tão ansioso que transformei semanas de gestação em meses de gestação quando lhe respondi!). Seis quaresmas das que faço, ano a ano, após o Carnaval. Atravessarei Natal, *réveillon*, aniversário da Morena, Carnaval, meu aniversário, abertura da Copa do Mundo... tudo isso sem uma gota de álcool. Mentira: abrirei uma exceção na noite do dia 31 por superstição e só. Já pensou?

Beba por mim, quando beber. Brinde a nós, quando beber.

Saudade, compañero — repito. Também tenho muito pra contar, mas o tempo urge, hoje é sexta-feira e nunca me foi tão importante voltar pra casa o quanto antes daqui do Centro, onde trabalho.

Estimo suas melhoras, Jota Bê. Gosto do seu humor rascante que só o sofrimento possibilita. Mas prefiro você sem dor. Fica com meu beijo.

[São Paulo, 8 de dezembro de 2017]

Edu,

Não se trata de euforia, mas apenas de sincera torcida para que o jovem Leonel (mas que peso esse nome, não?) tenha tudo do bom e do melhor. Não é porque minha vida foi uma merda que a dele tem que ser parecida, porra.

Muito obrigado pelo desejo de melhoras, mas infelizmente piorei um bocado, com direito a certa dificuldade de locomoção, devido a provável surto causado pelo corte da medicação que esse maldito governador *opus dei* propôs.

Mas mesmo assim ontem fui a um bar onde vi um belo show de Arrigo Barnabé cantando músicas de Roberto e Erasmo Carlos.

Vive-se, Edu. Cada vez pior, mas vive-se.

Meu ano financeiro também foi uma catástrofe, ninguém me contratou pra porra nenhuma, de maneira que até me animei quando um famoso bar paulistano me chamou pra ser o *Bad Santa* da casa. Bastava me vestir de Papai Noel e xingar um pouco os convidados. Isso eu sei fazer e pagaria as contas do mês.

Mas, na semana do evento, vi que uma marca de cachaça pra lá de vagabunda iria patrocinar o evento e aí dei pra trás por não associar meu nome a bosta frita.

Morro pobre, mas vivo honrado.

Se tudo der certo, no fim desse mês completo 44 anos, e essas datas festivas me deixam um bocado melancólico desde a mais tenra idade, quando tias gordas me presenteavam com camisetas e shorts que passavam a milhas de distância dos tão desejados brinquedos que jamais chegaram.

Isso pra não falar na maldita festa de *réveillon* com maionese azeda, arroz com passas e peru recheado com desgraçada farofa que o deixava ainda mais seco.

Amigos da escola? Todos viajando. Mas sempre tinha um tio chato pra me notificar após a meia noite que meu aniversário agora é coisa do ano passado.

Puta que pariu, Edu. Puta que pariu.

Daí que as últimas datas optei por passar sozinho, com exceção do último ano, quando passei na casa de um velho amigo boêmio que ostenta um piano de cauda no meio da sala.

Travestis, cantoras da noite, a nata do Centro paulistano. Como a sala também tem um bar, foi lá que fiquei, fazendo um bico de *barman* para os convidados. Até porque, entre trabalhar ou me divertir, fico com a primeira opção.

Não lembro bem em que altura da festa me falaram que Maysa era grande bebedora de Negronis. Será que procede, Edu?

Enquanto trampava, bebia Bourbon puro. Após 12 doses, cansei e fui embora. Passando na frente do Copan, lembrei de outra festa nesse mesmo prédio e pra lá fui.

Homens sem camisa e mulheres de maiô denunciavam uma diferença de duas ou três gerações se comparados com as pessoas que estavam na festa anterior.

Alguém me ofereceu um tal de MD, e aceitei a substância que me deu uma sede danada. Acontece que não tô acostumado com esse tipo de situação e, em vez de atacar a recomendada água, mandei 12 Gim Tônicas. Uma moça muito bonita me levou pro banheiro e tacou *glitter* na minha cara. Sua expectativa era que eu atingisse notas de Bowie, mas fiquei a cara do Clóvis Bornay. Por fim, um outro rapaz ainda me ofereceu um pouco de pó colombiano que, segundo ele, equilibraria a porra toda. Enfim, acabei a noite mais louco que Arnaldo Batista, dormindo na frente do famigerado Café Floresta, esse que, por sua vez, estava fechado. Não que eu merecesse um café.

Acho que esse ano voltarei a passar a virada sozinho. Mais seguro. Ou não. Afinal, não faço bem o estilo daquele que planeja passar o outono da vida acomodado no conforto do marasmo de um cotidiano asséptico.

Grande abraço,
j.

[Rio de Janeiro, 5 de janeiro de 2018]

Jota Bê:

Rapaz... falamos ao telefone no dia do seu aniversário e nem deu tempo de eu te contar o porquê de ter demorado tanto a te mandar de volta essa minha terceira raquetada... você acredita que eu fui atropelado no dia 07 de dezembro?! Bicho, quase-morri. Não vou aqui deitar falação sobre o episódio trágico que me renderia uma morte linda, segundo os critérios de Luiz Antônio Simas — atropelado por um táxi, morto na Tijuca, estirado na Haddock Lobo, entre o motel Palácio do Rei e o Columbinha, um bar que fica na esquina da HL com a Afonso Pena. Mas já que falamos do Leonel... foi nele que pensei quando levantei-me do chão: ao avistar o táxi diante de mim, para-brisa em mil pedaços, capô amassado, faróis quebrados e retrovisor destruído, pensei de mim para mim:

— Morri.

Mas estou aqui, vivo, com um problema no joelho (estouraram os meniscos do joelho direito) que não é nada perto do que poderia ser e do que é a sua situação. E contando os dias e as horas pra chegada do pequeno maragato.

Sua vida foi uma merda, é? Acho inadeqüado esse uso do passado, afinal você está vivo, bebendo, comendo, escrevendo, fazendo merda (que é disso que lembrarão seus amigos) e reclamando da falta da medicação da qual faz uso. E acho, se você me permite, que você, à beira de completar 44 anos de idade, não tem estofo pra dizer que sua vida foi. Sua vida está sendo. E sua vida será.

Por outro lado, acho lindo seu lema — "morro pobre, mas vivo honrado". Lembra-me demais a postura de vida do Aldir. Acho admirável, Julinho.

Prometo que vou tentar apurar se a Maysa (que morte linda, a da Maysa) bebia Negroni. Mas, por vias das dúvidas, valha-se da máxima de um amigo querido meu: passe a contar a história que liga Maysa ao Negroni. Ainda que seja mentira — eis uma das máximas do amigo a que me referi — é bonito.

Você citou pó colombiano, MD, drogas — e eu só admito o álcool. Aproveito, então, o gancho pra lhe contar o porquê de eu nunca ter me aproximado de qualquer droga que não o álcool.

Meu pai (você não o conhece, salvo engano meu) valeu-se, durante minha infância e adolescência, de certos métodos pedagógicos que me transformaram num poltrão na matéria (ainda se usa poltrão?).

Vou lhe contar sobre uma lição específica que me transformou, durante um bom tempo, num bocó, num aparvalhado, num calino de marca maior.

Papai tinha um amigo (ou eram meus avós, sim, sim, eram meus avós) chamado Hélio Saboya, que Deus o tenha em bom lugar. Era casado – minha memória não me trai – com Cenyra Saboya, e eu bem me recordo do quanto me impressionava aquela mulher com dois ípsilones no nome (era uma estrangeira na Tijuca e justo por conta da duplicidade da letra elegante). As vizinhas comentavam quando ela passava:

– Olha a Cenyra! Tem dois ípsilones no nome!

Estou aqui escrevendo e não sei se digo "que Deus a tenha em bom lugar" em relação a ela... Eu simplesmente não sei, e essa dúvida me machuca, se Cenyra Saboya está ou não está entre nós.

Hélio e Cenyra Saboya moravam na rua São Miguel, quase chegando na subida do Alto da Boa Vista, na Tijuca. Morávamos, nessa época, na rua São Francisco Xavier. E, a caminho da praia (íamos à praia do Pepino), sempre que passávamos diante do prédio do simpático casal (eram simpáticos), lá estavam os dois na janela esperando as seis buzinadas que meu pai imprimia na Brasília branca.

E, quando dobrávamos à direita no final da São Miguel, quando o carro começava a subir a avenida Edison Passos em direção à estrada das Canoas, que nos levaria a São Conrado, meu pai dizia:

– História impressionante aquela daquele amigo do Hélio...

Eu, representando meu papel, cutucava o velho:

– Que história? Que história?

Note, Julinho, que eu estava careca de saber da história. Mas ouvi-la mais uma vez era uma espécie de refeição para o pânico que crescia dentro de mim.

E ele repetia a história de um amigo do casal Saboya. Esse amigo tinha um filho que, por sua vez, tinha um carro, e esse filho tinha um amigo, e esse amigo estava um dia de carona com o rapaz quando foram parados numa *blitz* policial. Durante a *blitz*, documento pra lá, documento pra cá, apalpa daqui, revista dali e pronto. Acharam maconha no porta-luvas do carro. E eis o drama que papai contava, com olhos de terror mirando meus olhos assustados de menino através do espelhinho retrovisor da Brasília:

— Esse menino, Dudu, ficou preso dez anos e jurava que não sabia da maconha do amigo. Cuidado com as companhias! Cuidado com as caronas que vais dar!!!!!

E me aterrava cada vez mais:

— Arruinou a vida do pai!

— A fortuna da família foi gasta com os honorários do advogado de defesa. E em vão!

— Cuidado com as caronas!

É bom lembrar que eu tinha, nessa época — o quê? —, uns nove, dez anos.

Nunca dei — eis o que eu queria lhe contar — uma mísera carona que fosse.

Anseio por notícias, Jota Bê. Espero que 2018 tenha começado alvissareiro pra você, no que não creio. Pra mim, não me queira mal por isso, foi a mais comovente das viradas de ano. Passei no Leme, ao lado de gente muito querida, bebi bastante, interrompendo a abstinência que me impus até o nascimento do guri, ajoelhei-me diante da Morena à meia-noite, disse alguma coisa que eu não vou saber nunca se o Leonel ouviu, fiz minhas mandingas de praxe e, acredite, pedi por você. Rezei por você, sendo mais direto. Eu rezo. Você reza?

Um puta abraço.

[São Paulo, 6 de janeiro de 2018]

Edu,

Mas que boa notícia esse atropelamento! Finalmente uma ocorrência de respeito dentro do marasmo que é o microcosmo dessa nossa troca de cartas. A vida, como diria Vonnegut, é estática, sendo que é uma honra estar de certa maneira ao seu lado nesse raro momento. Sua morte teria sido épica, ainda mais com o filho que está por vir. Se isso não é imortalidade, eu não sei o que é. Mas, por outro lado, o impediria de acompanhar o crescimento de Leonel e atrapalharia um bocado o processo de escrita desse livro, já que não sou espírita. De maneira que seja bem-vindo de volta, agora e sempre.

Já te falo como foi meu natal e aniversário, mas o parágrafo anterior despertou em mim uma dúvida jurídica, Doutor Goldenberg:

É possível que a família de algum artista falecido processe esses Gasparetto da vida? Poucas coisas me irritam mais que assinatura de gente que foi muito talentosa em vida em obras bastante abaixo do medíocre. Puta que pariu.

Mas, voltando. Seguirei falando sobre minha vida no passado, não se irrite comigo. É que tenho consciência de que meu quarto de século já passou, inclusive não fiz por merecer meus quinze minutos e hoje me contento em viver à margem, arrastando correntes e de vez em quando puxando um pé ou outro.

Natal, né? Bom, nesse fim de ano ajudei um bom amigo a montar um bar que não tinha inaugurado ainda. Passei com ele, bom álcool e ótima música. Sem comida, nem presentes. Foi deveras satisfatório.

E o bar inaugurou pouco tempo depois. Chama-se Fel e tem apenas 13 lugares num balcão tão bonito quanto triste. Não tem cerveja, nem comida. Só drinks, *whiskeys* e amargor. Promete ser uma derrota monumental. Porque as pessoas têm que voltar a praticar a sagrada arte da melancolia.

Já o aniversário/*réveillon* foi passado aqui em casa, mas dessa vez com poucas testemunhas. Drinks, torta de rim e músicas tristíssimas, onde reinaram Aldir Blanc, Maysa, Tom Waits, Odair José e Nick Cave. Ninguém estava de branco e ninguém desejou feliz ano novo. Dessa vez, sem drogas. Não nevou em dezembro. Mas, como já devo ter dito, o copo é e basta. Ah! Falando nisso, não tem substância que me irrite mais que maconha. Puta que pariu.

Até gostaria de continuar escrevendo, mas hoje mal estou enxergando, por causa de um surto de EM. Há dias melhores e outros piores. O ponto alto desse até agora foi conseguir escrever um pouco, nessa arcaica troca de cartas. Por que as pessoas pararam de trocar cartas?

Bom, lá vou eu aos *whiskeys* da noite. Porque, se não tô vendo direito o dosador, o copo é grande e já tá na mão. Afinal, parafraseando o grande tijucano Tim Maia, hoje é dia do santo rei.

Beijos,
j.

UM ADENDO:

Apesar da dificuldade da visão, não me sinto no direito de não responder à pergunta sobre reza, mesmo que pra isso tenha que compartilhar uma enorme intimidade. Olha, Edu, não nutro nenhuma fé e tenho visão profana do mundo. Com exceção do ato de escrever, esse que considero sagrado. Meu dia se torna santo quando sento à mesa e escrevo. E admito que, vez ou outra, até chego a chorar ao me flagrar diante da própria mediocridade. Me lembro quando, aos 13 anos, larguei as aulas de karatê e meu pai tirou onda da minha cara: "Já desistiu da guitarra, agora as artes marciais... Será que você nunca fará nada direito na vida?" Foi por aqueles dias que comecei a escrever, em princípio só pra mim, depois sobre gastronomia e agora naufragando de braçada na literatura (já te disse que não sei nadar?). De maneira que a escrita, apesar da óbvia limitação, é a minha reza, a torta oração diária que faço ao meu pai. É a última esperança de que venha a fazer algo direito na vida, devo isso a ele. Viverei fracassando, mas morrerei tentando.

[Rio de Janeiro, 10 de janeiro de 2018]

Julinho:

Eu adoraria ser contratado por uma dessas famílias, sabe? Penso que é evidente a presença do dano moral num desses casos, pra não falar do dano à imagem do artista, da artista (você também acha insuportável essa imposição do politicamente correto de dizer tudo no masculino e no feminino para não ferir suscetibilidades? Quando ouço alguém dizer, numa palestra, por exemplo, obrigado a todos e a todas... isso me dá muita preguiça). Mas imagine você que dia desses ouvi umas canções que teriam sido compostas pelo Noel Rosa depois de morto. Nem sei o que lhe dizer sobre elas. Noel Rosa nunca assinaria aquelas merdas, nunca. A justificativa do médium — e permita-me pausar para o riso e a golfada — foi e é patética:

Noel, depois de morto, arrependeu-se da vida que levara enquanto vivo (ou encarnado, como preferem os espíritas) e resolveu, depois de ser doutrinado (?!), reescrever sua obra sob os auspícios (foi a palavra que o médium usou) da vida espiritual. O chamado romance espírita (e como vende, como vende!) é sempre um horror – já li alguns, por isso falo com alguma propriedade. As capas dizem "psicografado por" ou "ditado por", mas na prática isso não faz diferença alguma: são todos medíocres. E permita-me, já que estamos a falar de livros: há vivos escrevendo tão mediocremente quanto esses mortos, o que me leva a crer, estou digressionando, que a opção pela "versão espírita" é puramente comercial. O público-alvo morre de medo dos autores (mortos) e não fala mal das baboseiras publicadas. Já os vivos que escrevem tão mal quanto esses mortos dos quais estamos a falar (sem medo de qualquer retaliação ou castigo), sem o público-alvo dos mortos, recorrem – e sobre isso tão bem tem escrito nosso Mirisola, o Montaigne brasileiro, segundo Aldir Blanc – às feiras literárias, aos prêmios literários, à panela que promove mesas (não girantes, como as de Kardec) que reúnem outros tantos medíocres e assim roda o mundo, não? Estamos fodidos.

Meu Natal também foi maravilhoso, Julinho. Fugimos pra serra, Itaipava, só nós dois (ou nós três, se contarmos com Leonel), e isso foi inédito tanto pra mim quanto pra ela. Um hotel, uma ceia entre estranhos aos quais não dirigimos palavra e a certeza natalina de que nos bastamos – isso dá um conforto, não dá?

De mais a mais, faço-lhe uma confissão, desde que minha bisavó morreu, e lá se vão mais de 35 anos, o Natal passou a ser uma data triste. E faço-lhe outra: a única coisa que gosto do Natal é que eu, onde quer que eu passe a noite do dia 24 (isso não inclui este último em Itaipava), fico responsável pelo preparo do peru. E se você escreve, quando escreve, pro seu pai, em feitio de oração, eu preparo o peru de Natal, ano após ano, pra dona Mathilde, minha bisavó materna. E choro copiosamente enquanto tempero o peru. De saudade dela.

Anote: quero conhecer o Fel. O Rio de Janeiro é paupérrimo em bares decentes desse nível. Nem sei onde se bebe um drink de respeito por aqui. E nem sou apto para falar do assunto. Gosto muito de beber bem, mas quando penso em beber bem, refiro-me aos drinks, claro, penso no bar da sua casa. Minha praia são os botequins e os drinks dos botequins não têm o requinte do Fel, por suposto.

Salvo engano meu, falamos no dia 31 (falamos?) e eu pude desejar a você um feliz aniversário. Não sei se já lhe disse, mas eu gosto demais do último dia do ano. E gosto demais por conta da obviedade, da pieguice mesmo: o último dia do ano, a véspera do ano por vir, essas babaquices que me comovem, confesso. Sou, você sabe, um emotivo incorrigível.

No dia 06, Dia de Reis, resolvemos fazer uma receita tradicional de Bolo de Reis. Foi uma forma que eu arrumei de homenagear uma tia minha, morta há muitos anos, que dava mais importância pro Dia de Reis do que para o Natal ou o *réveillon* (e até mesmo do que para o próprio aniversário). A mulherada da família (cresci em meio a um matriarcado, não sei se já te contei) dizia que havia sido promessa. Chamei por ela — tia Irene —, chamei por todos os meus antepassados, o bolo ficou delicioso e eu tenho certeza de que todos eles estavam lá na hora do primeiro pedaço ser cortado.

Você acredita na interação com os mortos, Jota Bê? Eu não vivo sem os meus fantasmas de estimação. Nem sem escrever cartas, sabe? Eu não sei porque as pessoas pararam de trocar cartas, mas desconfio. As pessoas não têm mais o que dizer, o que contar. Estamos fodidos.

Beijo e melhoras.

[São Paulo, 14 de janeiro de 2018]

Edu,

Hoje seria aniversário do meu pai, que se foi tão precocemente, com apenas 41 anos. Falta pouco pra eu estar por aqui há mais tempo sem ele que com ele, olha só. Não existe injustiça maior e, se pudesse trocar os papeis, tenha certeza de que assim o faria. Mas a vida, como tão bem sabemos, não é justa. A minha interação com os mortos se resume justamente, como lhe escrevi no último adendo, à escrita. Esse é o meu jeito meio esquizofrênico de ser, já que morreu, acabou. Mas essas cartas também são para meu pai, tenho certeza de que não se incomodará com o realismo fantástico da situação.

Sabia que foi com o próprio que peguei o gosto pelo Campari? Anos 80, um pouco antes do jantar, sempre o acompanhava até o Armazém do Seo Salvador, onde ele encontrava uns comparsas e me deixava bebericar um pouco do elixir vermelho, sem fazer careta, pro orgulho do velho. Na hora de ir embora, me presenteava com uma bola de plástico vagabunda – a média diária de consumo desse tipo de esfera era de duas unidades entre a molecada da Rua Lauro Müller, no pedaço do subdistrito lapeano onde passei infância e adolescência –, e eu voltava fazendo tabelinha com os coitados dos enferrujados portões vizinhos numa época em que havia poucos prédios por aqueles lados. Me sentia o próprio Mário Sérgio Pontes de Paiva, esse que por sua vez sempre foi meu maior ídolo no futebol, junto com Waldir Peres, cuja última entrevista antes da morte foi dada, veja só que honra, a mim. Me lembro bem quando o elevador aqui no prédio, comigo, Waldir e mais duas pessoas, travou no meio da viagem, e tentei uma piada absolutamente sem graça, apontando um provável sobrepeso do goleiro, ao qual ele respondeu com o maior bom humor: "Ex-atleta, né?" E, na hora de ir embora, ainda mandou outra ótima: "Ó, na minha época, se goleiro saísse da pequena área, o técnico mandava voltar CORRENDO!", em clara e espirituosa referência a Rogério Ceni, goleiro médio. Já o Rei do Gatilho não deu tempo de entrevistar, fui mais lento que o volante Dunga naquela lazarenta Copa de 1990 e jamais me perdoarei por isso. Aliás, meu interesse pelo futebol moderno é quase nulo, dado o bom mocismo que contagiou a porra toda.

Mas, mudando o rumo da prosa pra algo que muito me interessa. Quando vem pra São Paulo? Teu lugar no balcão do Tristeza sempre estará guardado, e o Fel caminha que é uma beleza. Sem cerveja e sem as malditas maquininhas de cartão que tanto me irritam. Bons drinks por dinheiro vivo, faço olímpica questão de te levar lá.

Estou um pouco melhor, obrigado. A vista deu certa clareada e, por conta da gota — doença de velho alcoólatra? —, optei por ficar dois dias inteiros e seguidos sem uma mísera dose adulta, experiência que não recomendo a ninguém. Mas foi nesse curto porém sombrio período que recebi um convite meio esquisito. Permita-me então que a seguir tente reproduzir o diálogo ocorrido por vias telefônicas, segundo minha esclerosada memória:

— JB?

— Oi, Isa!

— Vamos sair hoje?

— Olha, por conta de um problema meio chato de saúde estou sem beber. Mas tem um filme dos Cohen em cartaz. Podemos assistir e em seguida irmos pro Tristeza, onde cozinho pra ti e até abro um vinho legal. Não é porque não beberei que você tem que passar a noite a seco.

— Deus me livre e guarde, Julio! Desconjure! Se você já é tão amargo bebum imagine sóbrio? Eu tô é fora!

— ...

O pior é que nem é a primeira vez que rola algo parecido comigo. Acho que as mulheres só me suportam bebum. Mas, tudo bem, ossos do ofício. E já até sei o que fazer, tenho a solução. A partir de agora farei como o presidente Tancredo Neves, aquele que não teve tempo de pisar na bola. Não atenderei mais o telefone, Edu!

Saudade e abraço apertado,

j.

[Rio de Janeiro, 30 de janeiro de 2018]

Julinho:

Foi você falar que pegou gosto pelo Campari com seu pai pra eu sofrer um dos meus freqüentes e intensos arremessos violentos em direção ao passado (e tendo a bebida como pano de fundo). Preste atenção a algumas coisas que quero lhe contar.

Se alguém me perguntar qual o som mais antigo que conheço, eu nem titubeio: é o das pedras de gelo nos copos de uísque. Não sei que idade eu tinha, claro, mas o som e a lembrança afetivo-sonora antecedem a memória concreta. Eu estou no colo da minha mãe. Uma de suas mãos está nas minhas costas, tenho a cabeça apoiada em seu ombro e na sua outra mão, seguramente, um copo de uísque produzindo aquele tilintar que me persegue até hoje, com a graça dos deuses — o guizo das cobras. Uísque.

Minha avó materna, Mathilde, morava numa casa de vila com meu avô, minha bisavó e minha tia-bisavó, veja você — irmã de minha bisavó. Meu avô (chamava-se Milton) fumava Minister e minha avó fumava Hollywood. Ambos fumavam desbragadamente, jogavam carteado à larga, e o bar, que ficava num dos cantos da sala, tinha uma quantidade considerável de bebida. Eu tinha — o quê?! — uns cinco, seis anos de idade. E não saberia dizer a você o que sentia a cada gole subversivo que eu dava no licor de menta (manja?) que minha bisavó não dispensava depois da sobremesa em todas as refeições. Uísque e licor de menta.

Mais tarde, quando meu pai passou a me levar pro colégio todas as manhãs — e meu pai é o sujeito mais obsessivo e cumpridor de sua rotina sem nenhum desvio, como se ele pudesse controlar tudo à sua volta —, o roteiro era o mesmo: saíamos da garagem do edifício na rua Professor Gabizo e ele dobrava à esquerda, na General Canabarro, pra pedir, no balcão do Bode Cheiroso, o de sempre: dois maços de Shelton Lights, um cafezinho e uma água Prata com gás. Todos os dias. De segunda a sexta. E isso foi me despertando uma vontade avassaladora de fumar. Meu pai me disse, um dia:

— Quando quiser fumar, fale comigo. Não aceite cigarros de estranhos na rua, nem de amigos seus. Peça a mim que eu compro pra você.

Um dia tomei coragem e disse a ele (depois de fumar um ou dois cigarros no espaço de uma semana no colégio, escondido dele, claro):

— Pai, quero fumar.

Ele estava sentado numa escrivaninha que havia no quarto deles diante de sua pasta de trabalho aberta, acho que ele estava contando dinheiro. Ele fechou a pasta. Ele girou a cadeira em minha direção. E ele disse:

— Hein?

— Então. Eu quero fumar.

Até hoje eu quase ensurdeço quando lembro (e quando eu lembro eu tenho febre e ouço sua voz e tenho vontade de beber licor de menta ouvindo o gelo farfalhando dentro do copo de uísque da minha mãe) da resposta dada aos gritos enquanto ele socava a pasta preta sobre a escrivaninha:

— Foda-se! Compre essa merda com o dinheiro que eu te dou de mesada.

Lembro que ele tirou um cigarro do maço ao lado da pasta. O acendeu, e eu tremi de excitação achando que ele me ofereceria ou um trago ou um inteiro. Deu o primeiro trago. Soprou a fumaça pro alto, ergueu o queixo e virou-se de novo pra mim:

— Entendeu? Agora me deixe trabalhar.

Lindo, não?

Cheguei a fumar, no auge da adição, cinco maços de Carlton. Parei na quarta-feira de cinzas do ano passado, muito por conta do preparo, lato sensu, que a gravidez pedia. Já, já completo um ano sem cigarro e, confesso a você, sinto falta apenas do rito que fumar sempre foi pra mim. Minha coleção de Zippo. O cheiro do fluido, o som do isqueiro abrindo e fechando, aquela carícia demorada no cigarro antes de acendê-lo, tudo isso virou fumaça diante da perspectiva de um bebê em meus braços.

Quanto a São Paulo, não sei quando vou, Julinho. Meu tempo agora se chama Leonel. Não vejo a hora do moleque chegar. Não vejo a hora de brindar a chegada dele. Não vejo a hora. Não vejo. É tão eufórica, a espera, que eu quase perco a visão. Salva-me o tilintar das pedras de gelo, de novo, e sempre elas, ainda que imaginárias, dentro de mim. Gelo bom, diga-se de passagem. Não aquele gelo merda, de posto de gasolina, que você me ensinou a odiar.

Será, Julinho, que Leonel, como eu, guardará na memória o mesmo som dos cubos de gelo a tilintar no cristal dos copos Moser que ganhei de presente quando fiz 40 anos e nos quais bebo minha dose diária?

Beijo e melhoras — de novo e sempre.

[São Paulo, 13 de fevereiro de 2018]

Edu,

É Carnaval na Praça da República e você não tem ideia do quanto é constrangedor eu escrever isso a um carioca com samba correndo pelas veias, tamanho o amadorismo do que ocorre por aqui. Salvo uma ou outra exceção, como a Charanga do França, bloco com 60 bons músicos que ralam ensaiando durante o ano inteiro a fim de fazer bonito em toda segunda de Carnaval, no chão, sem amplificação, na raça e sem medo de povo. O bloco sai da frente do Conceição Discos, da nossa grande amiga em comum Talitha Barros, e vai até o Largo da Matriz de Santa Cecília, onde tem uma curiosa igreja católica – espero que o revisor mantenha as letras minúsculas, tamanho o nojo que tenho dessa instituição – a qual jamais tive o menor interesse em conhecer. Já os músicos eu fui prestigiar, claro.

Mas a confissão que de fato quero lhe fazer com essa é que na volta do bloco, em direção à minha casa, bateu uma típica chuva de verão que fez com que me abrigasse embaixo de uma velha banca de flores do Largo do Arouche. Inclusive, se sozinho estivesse, seguiria a caminhada, já que jamais tive medo de chuva, porém estava na boa companhia de Shoyu e não me perdoaria se o cachorrinho ficasse doente por causa de um preciosismo meu.

E, quando se está ilhado, é a hora perfeita para o ataque dos chatos, Edu. Pra balcão de bares, desenvolvi toda uma técnica de cantos pra se livrar deles, como ter sempre uma parede por trás, pra não ser pego de surpresa e responder a perguntas sobre bebidas – "Julio, o que bebo aqui?" Minha vontade é responder: "Poxa, mas eu nem te conheço, né? Como irei saber?" – com grunhidos à moda Clint Eastwood, em Grand Torino. Mas, o que fazer numa banca de flores embaixo de chuva, quando se está completamente exposto? Além do que, flores são para os mortos. Os mortos.

Pois eis que um sujeito trajado com algo cuja provável expectativa de figurino era remeter a uma odalisca e munido com uma garrafa de Catuaba na mão chega encostando em mim e pedindo por uma foto comigo. Após a solicitação, atendida de imediato, ele me diz que veio do Rio de Janeiro pra curtir o Carnaval aqui e aproveitou para seguir minhas dicas gastronômicas, já que é fã de longa data do meu trabalho.

A ele respondi que me causa certa estranheza um sujeito sair de uma cidade com natureza evidentemente carnavalesca em direção ao Túmulo do Samba. E que a maior parte das minhas dicas tem pouco valor num feriado tão atípico, quando boa parte dos lugares fecha. Por fim, desejei boas-vindas e ótima sorte em suas buscas, inclusive dando meu, veja só, número telefônico para o cabra. Até ia falar pra ele ficar à vontade pra me mandar uma mensagem se precisasse de alguma coisa quando ele vomitou em mim. Por sorte, Shoyu, muito mais esperto que eu, conseguiu se esquivar do jato e até me puxou pra fora da banca a partir de onde seguimos a caminhada, já que a chuva nos pareceu mais inofensiva.

E sem cigarros, já que tenho certo trauma do velho hábito que consumiu meu pai, morto aos 41 anos. O "velho" fumava de 4 a 5 maços de Charm por dia, sempre emendando um cigarro no outro, enquanto minha mãe mandava dois maços diários de qualquer coisa que achasse nos camelôs depois da linha do trem da Estação Lapa, num tenebroso túnel. De maneira que minha casa fedia pra caralho à fumaça do dito cujo e hoje não suporto o cheiro dessa desgraça.

Bem mais à noite, sozinho no refúgio do balcão de bar que ancora meu quarto, acho que no preparo do terceiro Old Fashioned, o aparelho celular me alerta sobre uma mensagem não lida e ela fui conferir. Pela foto, reconheço o Bob Cuspe do Arouche. Deve ser um pedido de desculpas, pensei. Eis sua mensagem, que a seguir transcrevo com suas próprias palavras, acentuação adequada, bom português etc.:

"AÍ SOH PRA DIZE QUE TAVA BEBADO NUM SOU SEU FÂ NAUM. ATEH CONCORDO COM ALGUMAS COISAS MAIS VC EH MUITO DO ESCROTO"

Se eu quiser um pouco de sossego, o Rio de Janeiro é um bom lugar pra me refugiar no próximo Carnaval, Edu? É que talvez São Paulo esteja um tanto saturada...

Puta abraço,
j.

[Rio de Janeiro, 21 de março de 2018]

Julinho:

Começo pedindo desculpas, de novo, pelo atraso no envio desta. Mas as coisas, Jota Bê, as coisas andam corridas demais. E andam tão corridas que eu nem vou cansá-lo enumerando o tanto de tarefas que têm me tomado o tempo. Além de corridas, e apesar da alegria infinita que é a espera pela chegada do primeiro filho, um tanto tristes e pesadas demais no Rio de Janeiro, o que me faz antever tempos difíceis. Acabo de chegar de uma semana em Salvador (a Bahia tá viva, ainda lá!), estávamos lá quando senti no peito os tiros que esfacelaram a vereadora Marielle Franco, e essa semana de folga em solo soteropolitano serviu também pra deixar bem evidente o quão pesados estão os ares por aqui. Eu estava, veja você, bebendo um Negroni quando a notícia nos pegou de surpresa. Que horror.

Vou direto ao ponto: venha pro Rio no Carnaval de 2019. São Paulo vai estar saturada, como você previu — e te explico. Passamos este último Carnaval quase que todo em casa, salvo uma exceção ou outra, como o 100º desfile do Cordão da Bola Preta, que é a coisa mais linda que pode haver. E as tevês, Julinho, mostravam o Carnaval de São Paulo como se fosse a coisa mais impressionante, mais animada, mais fora-de-série da paróquia. Tudo, claro, pra levar o nome do gestor da cidade (recuso-me a escrevê-lo) a todo o Brasil. Olha, eram cenas constrangedoras. Mas o que é que não causa constrangimento nesse Brasil de hoje, nesse Brasil de Michel Temer? Tá difícil, a situação.

Breve digressão: eu ia dizer que "a coisa aqui tá preta", como naquele samba do Chico Buarque, mas não pode mais. Eu ia dizer que "a situação tá ruça", também não pode mais (a palavra 'ruça' pode ser confundida com 'russa' e vai que um preposto de Putin cisma comigo?!).

Sobre a Bahia, Julinho: fomos comer o sorvete que você indicou, no Pelourinho. Eu não tenho essa capacidade organoléptica que você tem, mas o sorvete é bom demais. Como foi bom demais ir até o Boca de Galinha, no subúrbio de Salvador, que você indicou e que também nos indicou a Madame Mórula, veja a coincidência. Mas lá vivi situação hilariante.

Fui pagar a conta direto no balcão, aquele clima de informalidade. Ao pedi-la à moça do caixa, ela gritou:

— Seu Boca! Seu Boca! Receba aqui! — e isso com aquele sotaque, aquela malemolência, aquele dengo que me faz quase-chorar.

Veio, evidentemente, o seu Boca — a origem do nome do restaurante.

Julinho, eu juro, quase explodi de rir (segurei-me, entretanto). Baixinho, gordo, uma boca minúscula sem nenhum dente aparente, eu já tinha bebido três "roskas" de caju (que lindo, isso, eles não dizem Caipiroska ou Caipivodka) e vi, diante de mim, uma galinha sorrindo me estendendo o troco. Nunca um apelido pareceu-me tão adequado.

Falei no seu Boca e no Boca de Galinha e lembrei-me do Marreco, do bar do Marreco — de saudosa memória (Marreco vendeu o bar e o mesmo foi desfigurado por um empreendedor). Era uma espelunca de respeito na esquina das ruas Haddock Lobo e Caruso. Ficava a menos de 100 metros do apartamento em que eu morava antes de me mudar pra cá, pra praça Afonso Pena. Agora que me mudei, já lhe contei, bato ponto no CTI das Almas (ou Apertadinho, ou ainda, o nome oficial, Mercearia Guanabara), a menos de 10 metros de minha casa. Você concorda que o melhor bar é quase-sempre o mais perto de casa?

Beijo e, do fundo de minh'alma ainda machucada, me perdoe a demora.

[P.S. 1]: o Cordão da Bola Preta é o que há, Julinho. Um verso do Aldir pro choro Bola Preta, do Jacob do Bandolim, que o Bardo da Muda letrou postumamente, diz tudo: "no Bola Preta eu vou de muleta e sinto a caceta rejuvenescer". O Rio de Janeiro que eu amo, no Carnaval, passa longe das celebridades que lotam o Sambódromo. Eu gosto mesmo é do povão que lota as velhas ruas do velho Centro do Rio no sábado de Carnaval. Não duvide nunca, Julinho: lugar quente é na cama ou então no Bola Preta.

[P.S. 2]: cuide da saúde, cacete. Você há de preparar drinks com gim para que brindemos, eu, você e a Morena, diante do Leonel.

[São Paulo, 30 de março de 2018]

Aleluia, Edu!

É Sábado de Aleluia, porra! Dia Internacional de malhar os dedo-duro morféticos de todos os tempos!

Embora nossos políticos já tenham sido mais espertos — dizem que Tancredo não falava ao telefone e ACM fazia reuniões com a água do mar na cintura, pra evitar grampo —, o exemplo de Judas nos mostra que péssimas alianças ocorrem desde que o mundo é mundo.

Se bem que o maior problema de JC veio do berço, creio. Imagine só que sua mãe chegou pro seu companheiro — um velho carpinteiro broxa — apontando para a barriga e dizendo: amor, você não sabe quem veio aqui hoje... O Espírito Santo!

Anos depois JC conhece Madalena e a história se repete como farsa. Como fazer boa política com uma vida pessoal dessas? Não há água transformada em vinho que dê conta da situação.

Pra encerrar com chave de merda, fanfarrões preferem Barrabás em vez de nosso querido boêmio cristão. Também não é de hoje que o povo se deixa enganar em importantes votações.

Claro que nada disso justifica a eleição do *jestor* paulistano, que inclusive já deu claros sinais de que está prestes a abandonar a cidade que acabou de o eleger pra sair a governador, com amplas chances de ganhar. E, se você acha que Jair Bolsonaro não tem chance de ganhar a presidência, respondo a esse romântico pensamento com duas palavras: Donald Trump.

As últimas eleições no mundo mostram que o homem não teve evolução alguma, que é mera vítima de dramática trajetória.

À distância, acompanhei com muito pesar a execução da vereadora Marielle. Me entristeço muito em ver a que ponto chegamos e tenho o pensamento de que dias piores virão.

Mas, há poucos dias, perdi um grande amigo, o produtor musical Carlos Eduardo Miranda, que conheci em 1993. Um quarto de século de amizade que jamais chegará a 26 anos. Outro grande amigo uma vez me disse que envelhecer é enterrar amigos, e é com certa angústia que lhe dou razão.

Imagine, Edu, que Miranda passou a vida toda produzindo coisas boas pra caralho, mas ficou conhecido apenas por ter sido jurado de um programa musical na televisão aberta.

No velório até repórter da Sônia Abrão tinha. Meu amigão merecia muito mais que esse legado de merda.

Uma outra amiga, essa felizmente ainda viva, disse que pensa em escrever um livro de cartas para os mortos. Gostei da ideia e penso, se ela permitir, em usá-la. Tanta coisa que não falei não só pro Miranda, mas pra tantos outros que já se foram, inclusive alguns que nem deu tempo de conhecer pessoalmente.

É Sábado de Aleluia, Edu. Sabe que, agora que nos aproximamos do inevitável final, não tenho vontade de malhar ninguém?

Sugiro que guardemos o restante de nossas forças para atividades mais nobres. Afinal, JC não fazia ideia das monstruosidades que a igreja católica faria em seu nome. Aleluia?

Puta abraço,
j.

[Rio de Janeiro, 24 de abril de 2018,
a 3 dias dos meus 49 anos]

Julinho:

Eu também não aguento mais enterrar amigos meus — já perdi a conta de quantos. Você cita o caso do Miranda, um puta produtor, que morreu reconhecido como jurado de um programa musical na televisão aberta. E o que foi que aconteceu com a Aracy de Almeida, porra? Uma cantora fora-de-série, a velha Araca, suburbana, carioquíssima, a maior das intérpretes de Noel Rosa... morreu conhecida como aquela-jurada-do-Silvio-Santos. É de foder. E tem tudo a ver com a mediocridade que grassa por aí e da qual já falamos.

Escolho um péssimo dia pra te responder — de novo com atraso. A três dias do 27 de abril — e eu fiquei feliz demais por saber que tu virás ao Rio pra bebermos juntos na sexta-feira! –, vivo o inferno astral de todos os anos, desde 1970 (não lembro do abril de 70, mas tenho certeza de que foi assim desde então).

Sinto saudades inacreditáveis, que chegam a doer, da minha bisavó – a mulher a quem mais amei na vida, icônica, a matriarca, a mais doce das mulheres, mãe de uma cacetada de filhos, avó de uma infinidade de netos, bisavó de mais de uma dezena. E dizia minha bisavó, que me chamava, veja você!, de meu poeta, que eu era seu preferido. Vá vendo como sempre fui meio escroto, implicante. Em todos os anos, no 06 de maio, seu aniversário, ela juntava os bisnetos todos para uma fotografia. E em todos os anos eu perguntava bem alto:

– Quem é seu bisneto preferido?

E ela sempre dizia que era eu.

Sinto saudade da minha infância, Julinho. E por isso, acho, os meus fantasmas de estimação todos voltam à Terra, e ouço suas vozes, sinto seus cheiros, sinto o aroma da Alfazema de minha bisavó, o gosto das pastilhas de hortelã (Garoto, ainda existem?) para o pigarro de minha tia Idinha (ninguém mais tem pigarro, ninguém pigarreia!), o cheiro de chá na casa de Teresópolis da minha tia Zirota, percebo-me na casa de Santa Teresa da dona Lucrécia, mãe do meu tio Eduardo, o cheiro da bacalhoada que a portuguesa fazia pra embriagar os adultos todos diante de mim, ouço o farfalhar frenético dos leques das tias todas, meus tios bebendo cerveja e fumando desbragadamente, minha cabeça processa cenas nítidas, eu choro, eu sinto o gosto do pão francês com manteiga e açúcar que minha avó me ensinava a mergulhar na xícara de café-com-leite, eu lembro da minha primeira punheta dedicada à Adele Fátima, eu lembro dos azulejos amarelos do banheiro da vila que está viva ainda lá no número 84 da São Francisco Xavier, a menos de um quilômetro de onde moro hoje, eu lembro do licor de menta que eu bebia escondido, muito menino ainda, lembro do meu avô Milton e de seus maços de Continental, dos dentes amarelos da minha avó Tida talhados com Hollywood, do meu avô Oizer falando iídiche e pondo dinheiro no bolso do meu short, lembro do meu pai bebendo água Prata e tomando cafezinho todos os dias no balcão do Bode Cheiroso, da minha mãe pondo gelo no copo da dose de uísque de todos os dias, ouço o som do chocalho daquela cascavel em forma de gelo e malte, e eu vivia brincando, criança, na praça Afonso Pena, e hoje moramos na Afonso Pena, e Leonel nascerá na Afonso Pena, e essa projeção pro futuro, esse arremesso em direção ao passado, isso me deixa atônito e tonto, Julinho. Não é mole atravessar abril.

Nunca foi.

E antevejo como será o abril de 2019. Meu primeiro aniversário ao lado de meu filho.

Quero ser um bom pai, Julinho. Quero poder ser, por mais que isso pareça ser impossível na prática (será que é impossível mesmo?), o arquiteto das lembranças do meu filho. Antevejo que serei atento a tudo e que farei de tudo para moldar as lembranças que Leonel, no futuro, dirá ter guardadas dentro de si. Tudo, por ora, me emociona demais. Quero dar banho nele todos os dias, quero tocar violão pra que ele me ouça como me ouve, hoje, tocando e cantando diante da Morena, quero que ele brinque com as memórias da praça Afonso Pena como eu brinco, até hoje. Quero que ele seja um emotivo, Julinho, que chore como eu choro, que faça dos registros mais remotos os alicerces do homem que ele há de ser.

Beijo e me perdoe o turbilhão.

[São Paulo, 1º de maio de 2018]

Edu,

Sou um boêmio incorrigível e o fato da minha ponte aérea estar marcada para as 5h55 da manhã fez com que eu não dormisse e viajasse virado para o Rio, a fim de não perder o sagrado compromisso. Boêmio e paulista chato, você deve ter pensado. Aliás, paulistano. Daqueles bem formais e quadrados, beirando o insuportável mesmo.

A falta de sono mais a performance alcoólica, iniciada na sua casa às 7h35 – por que diabos o carioca gosta tanto de beber durante o dia? –, fez com que eu dormisse em quatro diferentes cadeiras no Bar Brasil, símbolo de resistência diante da catástrofe que se transformou aquela velha rua lapeana. Aliás, se o Bar Brasil é sinônimo de bravata, na noite de seu aniversário eu era a pura expressão do amargo amadorismo de uma sonolenta derrota.

De maneira que te peço desculpas, apesar de você, exímio cozinheiro, não ter sequer tocado numa mera panela durante minha curta estadia nessa Terra Maravilhosa Tijucana, que vai muito além do curioso balneário que cerca boa parte da Eterna Capital.

(Falando nisso: é sério que você vai à praia e mergulha? Com quem podemos falar pra pavimentar aquela areia incômoda? Não dá pra andar direito, caralho!)

Porém, apesar do desprezo pela ideia de execução do Cacio e Pepe que jamais comerei, você e Flávia Piana são os melhores anfitriões desse planeta e também de outros. A conclusão é a de que o promissor Leonel logo estará seguro, sob a tutela das mãos mais adequadas possíveis.

Já essa troca de cartas que se transformou em livro, sei não. De maneira que a insegurança me levou à consulta de Sidinéia, cartomante tijucana que atende num pitoresco shopping na Praça Saenz Peña. Fui levado lá por uma taxista de Copacabana que respondia por Alexandra e me confidenciou que joga búzios no mesmo centro comercial. Bem ao lado de Sidinéia, pra ser exato.

A memória esclerosada me impede de lembrar as exatas palavras usadas pela convincente profissional, mas se não me engano ela disse algo do tipo que nosso projeto será um fracasso médio e também falou que talvez eu tenha que me mudar do Rio de Janeiro. Em menos de 20 minutos ela me trouxe e me tocou da Cidade Maravilhosa.

Embora seja certo que essa troca de cartas não é o legado que você deixará para Leonel, acho que devemos prosseguir mais um pouco com a troca de correspondência. Não à toa escrevo essas parcas linhas em pleno Dia do Trabalhador.

Além do que, ler algumas de suas lembranças é um troço bonito pra diabo. Gostaria de ter também essa memória afetiva, mas, como você bem sabe, a história da minha família é um tanto trágica e não tão interessante.

Antes que me esqueça, foi um prazer compartilhar contigo a derrota no bicho. Afinal, quem poderia imaginar que não daria galo justo no dia em que você completou nada menos que 49 outonos?

Espero não ter feito muita bagunça e ser convidado para seu cinquentenário, Edu. De qualquer forma, foi uma honra te abraçar pessoalmente e um prazer lhe cumprimentar também por escrito. Até porque reconheço que minha formalidade paulistana é um tanto boçal para aproveitar sua cidade de maneira devida. A melhor lembrança que tenho do Rio é a generosa recepção dada a mim por sua família.

Mas, voltando ao assunto aniversário, o que você fará nos próximos 50 anos? Quantos anos será que Leonel passará ao seu lado? Espero, de coração, que o garoto tenha mais sorte que eu, que perdi meu pai aos 23 anos.

Puta abraço,
j.

[P.S.]: O que preciso fazer pra ser merecedor do seu famoso Cacio e Pepe e do seu célebre Arroz de Camarão, na próxima visita? Quadradinho de oito?

[Rio de Janeiro, 21 de maio de 2018]

Jota Bê:

Perdoe-me antecipadamente. Esta carta vai em tom de desabafo (antes, entretanto, quero dar resposta a todas as suas perguntas).

Pergunta um: não sei se o carioca gosta de beber durante o dia, como você afirma. Falo por mim: de dia, quanto mais cedo melhor, a probabilidade de você esbarrar num chato diante do balcão é mínima. Comecei sem querer a beber durante o dia em detrimento das bebedeiras noturnas e não quero outra vida. Aliás, pra ser mais preciso, passei a beber durante o dia por necessidade, mas o porquê disso não vem ao caso agora. Fato é que descobri o quanto é bom beber pela manhã.

Você sabe que, aos domingos, na feira livre que há perto de casa, na rua Vicente Licínio, há uma barraca de legumes – a barraca do Gérson – que vende cerveja subversivamente? Acho um puta programa atravessar aquela feira em busca da casco-escuro gelada que o Gérson maloca no interior de sua Kombi. E, a depender do humor do Gérson, quase sempre o melhor, tem churrasco pra acompanhar a cerveja. E isso, meu chapa, às sete da manhã de domingo, é demais.

Pergunta dois: eu vou à praia, Julinho. E mergulho. E desde cedo, viu? Uma espécie de diário do meu primeiro ano de vida, escrito por meus pais, dá conta de que eu, ainda bebê, acordava e ficava repetindo paia-paia-paia-paia-paia e só parava de dizer paia-paia-paia-paia-paia quando punha os pés na areia, diante do mar. Não vejo a hora, meu amigo, de levar Leonel ao mar. E já antevejo a cena: eu, olhos-espelhos diante do mar, repetindo paia-paia-paia-paia-paia esperando a reação do piá (você sabe que no Paraná é como são chamados os meninos, de piá?).

Pergunta três: não sei quando você comerá o Cacio e Pepe preparado por mim (aprendi contigo, imagino que você saiba), Julinho. Eu tenho reações pânicas só de pensar que você provará (e avaliará, claro) algo preparado por mim.

E, quarta e última pergunta: não sei o que farei nos próximos 50 anos. Mas quero vivê-los, se me for permitido, com saúde o bastante para acompanhar Leonel o maior tempo possível – e assim respondo mais uma pergunta sua: quero que Leonel me veja velho e com saúde.

Em apertada síntese, eis minhas respostas. Vamos ao que quero lhe dizer.

Receber você, Julinho, é sempre um prazer. Foi assim da primeira vez, em 2017, foi assim agora. Ocorre — perdoe-me a franqueza, era a isso que eu me referia quando comecei a escrever — que suas visitas têm contribuído para uma espécie de reviravolta nos hábitos de consumo aqui em casa. E não que isso seja ruim, ao contrário até, sob certo ponto de vista, mas alguma dor de cabeça isso tem causado (e aumentos expressivos nos gastos mensais). Explico.

Até você chegar trazendo uma embalagem de café em grãos na bagagem — Wolff, salvo engano meu — minhas manhãs eram mais simples. Eu fazia nosso café, meu e da Flávia, no coador de pano, no pai-ambrósio que eu mesmo mandei fazer, café Pilão (intenso), e éramos felizes. Eu ouvia o hmmmmm que ela soltava diante do aroma do Pilão pronto espalhado pela casa. Você acabou com isso, Julinho.

No segundo domingo de maio, Julio Bernardo, dei a ela de presente toda a parafernália que você sugeriu. Fui naquela cafeteria em Copacabana que você indicou, uma espécie de paraíso dos baristas, e comprei aquela cafeteira Melita metida a besta (japonesa), aqueles filtros de papel e aquele café em grãos que me custaram o equivalente a dois anos de café Pilão. Obrigado, viu?

O mesmo deu-se com pães. A Morena adorava o pão francês quentinho que eu trazia todas as manhãs, comprado na humílima padaria na esquina de casa. Não tem mais hmmmmm. Agora só pães de fermentação natural, pães-isso, pães-aquilo, a manteiga que eu comprava agora é olhada com nojo, e isso foi criando um círculo, uma espiral, esses gostos adquiridos por sua exclusiva causa...

Mas não é de todo mau. Eu preciso, inclusive, saber como faço para comprar aquela cachaça goiana e aquele vermute italiano que você trouxe para preparar aquele Rabo de Galo de não se esquecer.

Não consigo mais nem chegar perto do Rabo de Galo do CTI das Almas. Pobre Roberto.

Um abraço e obrigado de novo.

Edu

[São Paulo, 22 de maio de 2018]

"Nove meses", Edu, "Nove meses"

Assim gritava minha embriagada mãe de seu úmido quarto, no auge do pico de bebedeiras históricas que me deram muito trabalho. Pra em seguida emendar com: "Pra nascer essa merda que não presta pra nada!" E concluía com mais um: "Nove meses!", pro completo horror da vizinhança em forma de audiência.

De maneira que sei bem o que é decepcionar e dar trabalho pras pessoas desde 31 de dezembro de 1973, quando presenteei minha mãe com um parto difícil, via cesariana, em pleno *réveillon*, data essa que ela nunca mais comemorou.

Embora presentear o próximo nunca tenha sido meu forte, espero que goste dos cafés que lhe envio junto com esse escrito. E que também amenize ao menos um pouco o prejuízo causado pela compra de equipamento para extração do tal. Chega de decepcionar as pessoas, embora isso seja das poucas coisas que faço direito e quase sempre é mais forte que eu, meio que como um dom indomável mesmo.

Um exemplo. Dia desses reencontrei andando na rua, próximo à saudosa Boca do Lixo, um antigo caso, a Anitta, coisa do século passado. A seguir transcrevo nosso curto, porém marcante, diálogo, segundo minha memória já um tanto esclerosada (você sabe que sou portador de esclerose múltipla, né?):

— Julinho! Seu grande filho de uma puta!

— Oi, Anitta! Há quanto tempo! E sua vida? Deu certo?

— Claro que não. Antes de você eu era feliz com cerveja vagabunda, filmes do Van Damme e pizza frita. Agora todos homens que saio me consideram chata e, veja só, uma MULHER CARA. É um tal de restaurante japonês pra cá, Amarone pra lá, dizem que eu não valho a pena o investimento. Tudo isso por causa dos vícios que você me proporcionou. OBRIGADA, JULIO!

— E o que você faz por aqui, perto da Crackolândia?

— Tô indo na Rua das Andradas, atrás de umas caixas de som, já que você também me viciou em escutar Pink Floyd em sistema quadrafônico, experiência que as caixinhas ordinárias do Zé Coréia da Paulista não oferecem. Quer dizer, isso se alguém aceitar meu cheque, já que meu nome tá sujo. TÔ QUEBRADA, JULIO!

— Ah, legal. Boa sorte, acho que vou andando. Gostei de te ver, a idade te fez muito bem, você está linda.

— SOME DA MINHA FRENTE, FILHO DE UMA ÉGUA!

E assim o fiz, após um grito descomunal – que me lembrou Al Pacino naquela cena da escada no Poderoso Chefão III – seguido da crise de choro, de joelhos em plena Santa Ifigênia. Achei melhor respeitar sua dor; engoli a minha a seco e segui caminhando até o Bar Leo, na esquina da Aurora com a própria Andradas, onde íamos nos anos 90.

Acontece que o bar foi vendido a um grande grupo e, pra ser bastante gentil, não é nem sombra do gigante que um dia chegou a ser. Nunca pensei que um inocente Canapé Blumenau um dia teria pra mim gosto de morte. Mas admito que, apesar da qualidade realmente ter caído muito, a sensação se deu mais por causa do meu estado de espírito, transformado pelo ocorrido de poucos minutos atrás. Fui embora logo depois e não saí mais nessa noite. Ficamos eu, uma garrafa de gim vagabundo e o pobre do cachorro que não tem culpa pelo "dono" que tem.

Bom, se te serve de consolo, ao consumir um café especial, você ajuda pequenos produtores muito bacanas que até antes de ontem passavam brutal necessidade. E, além da bebida ser gostosa, ela é boa e saudável, o que pode e deve ser levado em consideração, dada sua pretensão de viver até ficar velhinho, meta essa que espero que seja atingida com louvor e vigor.

Mas, falando em pequenos produtores, você viu que ajudei a produzir uma enorme feira de orgânicos do MST, por onde passaram 260 mil pessoas e foram vendidas mais de 400 toneladas de alimento? Embora isso tenha sido motivo pra ser apedrejado por milhares de analfabetos funcionais, a tarefa valeu a pena cada minuto investido, e me rendeu alguns convites, como o de visitar um restaurante localizado num Quilombo aí próximo de Vargem Grande, Zona Oeste do

Rio de Janeiro. Melhor perder do lado certo que ter vitórias cretinas ao lado de quem não presta, seguindo assim pensamento precioso do saudoso Darcy Ribeiro.

Além de João Pedro Stédile – que fez um arroz de carreteiro saborosíssimo, receita de seu bisavô – conheci na feira a Tainá Marajoara, que faz um trabalho social gastronômico formidável em Belém do Pará. E é pra lá que vou daqui a poucos dias, pra conhecer pessoalmente esse cenário, de onde espero voltar com boas novas.

Escrevi um pouco a mais que o necessário dessa vez, né? Se sim, me desculpe. É que a escrita também me ajuda a exorcizar certos demônios que insistem em acompanhar minha parca existência e aí não quero que o texto acabe...

Baita abraço,
j.

[Rio de Janeiro, 28 de maio de 2018]

Julinho:

Antes de minhas digressões: obrigado pelos cafés, Jota Bê. Eu, que achava incrível preparar o café Pilão (sabor intenso) todas as manhãs, agora me vejo na dúvida, dia após dia, sobre qual dos cafés (dizer café no plural já é um status para o tijucano) vou moer (moer café é outro verbo que nunca imaginei conjugar). Mas é, no frigir dos ovos caipiras e orgânicos que preparo para acompanhar a bebida, um ganho, sabe? Estes cafés são, efetivamente, infinitamente melhores. Obrigado também por isso, por mais essa lição. Vá vendo que, pelo meu prisma, sua vida não é apenas uma coleção de derrotas.

Mudando de pato pra ganso, de café pra chope: você sabia que abriu uma filial do Bar Leo no Centro do Rio? Estive lá um dia desses e foi péssima a experiência. Minha última ida ao Leo, em São Paulo, foi há muitos anos — muitos anos mesmo, eu diria que no final dos anos 90 (lembro que fumei no interior do bar apesar da recente lei que proibia o desfrute). Portanto, quando me sentei na filial carioca (por causa da logomarca, do uniforme dos garçons, tudo igualzinho) senti o frêmito da minha última visita à esquina da Aurora com a Andradas. Durou o tempo do primeiro chope chegar: horrível, com aquela peruca insuportável, e eu ainda caí na asneira de pedir os canapés (não consigo descrever aquele horror). Segue valendo uma de minhas leis pétreas: bar não pode ter filial. No caso do Bar Leo, então, cuja matriz virou isso aí que você contou... o quê esperar da filial?

Você sabe que essa é das minhas mais antigas broncas, não sabe? Bar não pode ter filial, simplesmente não pode. E, sempre que preciso explicar o porquê, recorro ao bar da Amendoeira (você conhece, em Maria da Graça?). O bar é ótimo, de esquina, tem petiscos ótimos e fica sob a copa frondosa de uma imensa amendoeira que, evidentemente, dá nome ao bar. Pois de quê adianta abrir uma filial do Amendoeira em qualquer outro canto da cidade sem a amendoeira, uma de suas marcas? Filial é o horror. É o prenúncio da morte da matriz.

E, querido... é claro que eu vi o que você sofreu por conta daquela fotografia sua com o boné do MST. Mas acho, realmente, que cada ataque, cada agressão, foi e é uma medalha nesse teu peito imenso que guarda esse seu imenso coração (que essa pecha de que você é um diabo cola pra quem não te conhece, não pra mim!).

Por fim, pra que eu não me estenda muito, quero que você saiba que eu tenho uma vontade imensa de ir a Belém do Pará. Imensa! Os idiotas (do estilo dos seus agressores) diriam que estou com "inveja branca", expressão que eu odeio com todas as minhas forças.

Talvez seja das poucas capitais brasileiras que eu ainda não conheça. Para além da curiosidade, acho que você sabe (se não sabe, fique sabendo agora) que tenho verdadeira adoração pela culinária paraense e por Nossa Senhora de Nazaré, a quem chamo Nazinha e de quem sou devoto. Eu, brasileiro ao extremo quando o assunto é religião, sou macumbeiro, tenho meus orixás assentados em casa, imagens de santos, sei rezar a Torá, e Nossa Senhora de Nazaré me comove demais, sabe?

Na festa do Círio, no ano passado, tínhamos (eu e a Morena) — note que faço a você mais uma confissão — acabado de receber, no sábado que antecedeu a festa, a notícia da gravidez ainda muito no início (e por isso eu contei apenas à Nazinha, naquele domingo). Pois eu, Jota Bê, olhos embaçados pelo tanto que eu chorava, ajoelhei-me diante da imagem de Nazinha e fiz uma promessa — que pagarei com o coração agradecido a ela — pedindo uma gestação tranqüila e um bebê com saúde. Você sabe que há uma festa do Círio de Nazaré na Tijuca, não sabe?

Eu a acompanho há não sei quantos anos. A festa do Círio, sempre no segundo domingo de outubro, quando parte da Tijuca se transforma numa pequena Belém e a rua Haddock Lobo (a partir da Igreja dos Capuchinhos) abriga diversas barraquinhas vendendo o que há de mais precioso na culinária do Pará, é bonita demais. Bonita de se ver. De comer e de beber.

Chego sempre cedo, choro sempre, assisto à missa, choro mais, vejo a procissão, como, bebo, choro de novo, e fico ali, admirado, sonhando com o dia em que conhecerei Belém ao vivo e a cores.

Imagino você no Mercado Ver-o-Peso!

Há, aqui no Rio, no Flamengo, um restaurante (um tanto bar, também) chamado Tacacá do Norte, que é pra onde corro quando a saudade que sinto da Belém que ainda não conheço aperta.

Mande notícias de lá, companheiro!

E mesmo sendo você ateu, por favor, por amor e por respeito, mande um beijo meu pra Nazinha assim que pisar lá. Sei da sua ojeriza à Igreja Católica, mas Nossa Senhora de Nazaré é mais. E eu acho que mereço que você atenda. Caso você julgue que eu não mereço, por favor, faça pelo Leonel.

Um beijo.

Edu

[São Paulo, 8 de junho de 2018]

Edu,

Trago notícias de Belém do Pará, cidade incrível que me fez refletir sobre a real dimensão continental do belo país no qual vivemos. Mas não é boa hora para dá-las. Prometo que na próxima carta lhe escrevo sobre a experiência. Não me deixe esquecer de lhe contar especialmente sobre Tainá Marajoara, uma das mulheres mais guerreiras e talentosas que já conheci, aquela que transforma comida em encanto, nas condições mais adversas possíveis. Em tempo, sobre a entidade que você citou na carta anterior, não a encontrei, e olha que a procurei por tudo que é canto. Na real, por um breve momento, até achei que tinha a conhecido, após muita busca. Evidente que logo volto a esse tópico, mas isso é assunto pra outra hora. Explico-lhe o porquê a partir do próximo parágrafo.

É que Belém me trouxe muita, na medida do possível, alegria. E hoje estou de luto. Como disse meu amigo André Forastieri – o grande Forasta! –, nesse ano não para de morrer gente legal. O sentimento que a morte de Anthony Bourdain me trouxe contrasta com o espírito leve que a recente viagem me proporcionou.

Se não me falha a memória – esta que está cada vez mais escassa, e admito que não tenho lá muita capacidade técnica pra achar as cópias das cartas anteriores –, já debatemos sobre suicídio. Mas é que cada dia é um sete a um diferente e alguns nos nocauteiam de maneira um tanto peculiar.

Trabalhava cerca de 16 horas por dia em duas cozinhas profissionais quando li a obra pela qual o autor em questão ficou conhecido e minha primeira reação foi de certo desprezo, já que o ofício pra mim (ainda) é atividade espartana que passa a milhas e milhas de distância do universo de sexo, drogas e *rock n'roll*. Além do mais, é humanamente impossível conciliar a rotina quase militar de um cozinheiro com o estilo de vida proposto em "Cozinha Confidencial".

Mas, como uma vez citou Fernando Collor de Mello nos seus derradeiros dias no cargo mais alto que já alcançou, o tempo é o senhor da razão.

Tony Bourdain nos trouxe mais e melhores livros, além de programas televisivos deliciosos, dos poucos que me fazem gastar tempo na frente do aparelho retangular. Seu universo era maior que o da cozinha, era literário.

Viajou ao redor do mundo, usou as melhores drogas, comeu e bebeu tudo que estivesse ao seu alcance, saiu com mulheres maravilhosas, uma vida invejável.

Verdade que, nas duas vezes em que esteve em São Paulo, ele mandou aquele sanduba horroroso do Mercado da Cantareira, mas acho que isso não é motivo suficiente para se suicidar.

A saída de cena foi lúdica. Se enforcou num quarto de hotel na França, no auge da beleza física, aos 61 anos. Foi encontrado por um amigo e grande chef de cozinha, Eric Ripert.

Apesar do romantismo que tento colocar, a verdade é que depressão é doença muito séria e que nunca se sabe o que realmente se passa na cabeça das pessoas. Pra mim, ele encerrou no auge, privilégio de raros. Mas a custo de quanta dor e angústia? Até que ponto um homem tem a consciência com sobriedade a ponto de tomar a decisão de tirar a própria vida?

Fato é que estou chateado pra caralho com sua partida e me sinto um bosta egoísta por isso. Mas que sua vida foi linda de morrer, foi.

Que a próxima carta nos traga boas novas, Edu. E que nos importemos mais com os queridos vivos que nos rodeiam, com os nossos.

Puta abraço,
j.

[Rio de Janeiro, 20 de junho de 2018]

Julinho, meu querido Julinho:

Sou obrigado, antes de prosseguir, a lhe dizer que esta carta traz, mais do que boas novas (como você desejou manifestamente na última missiva sua que recebi), a notícia efetiva de uma mudança aguda no rumo da prosa, sem que com isso eu desrespeite sua dor por conta do suicídio de um sujeito bacana que você admirava. Mas é que nasceu nosso filho, Julinho, nasceu nosso Leonel!, que completa, no dia de hoje, vinte dias de vida!

Rapaz... e eu nem sei por onde começar! Mas preciso lhe dizer uma coisa: todos os clichês que sempre ouvi a respeito dos filhos são verdadeiros e, de certo modo, econômicos e comedidos. Que puta experiência, até o momento! Ainda não sei ao certo o que sinto, sabe? Mas tê-lo nos braços, os olhinhos diante dos meus, é uma emoção tão intensa, tão diferente de tudo que já experimentei até hoje, que não sei que nome dar ao que sinto: é mais que amor. Quando eu descobrir, prometo, te conto.

O pequeno maragato, que há de ter orgulho do nome que carrega (não vejo a hora de sentar-me diante dele pra contar sobre o Brizola), nasceu de parto natural e foi, o parto, a coisa mais bonita a que jamais assisti em quase 50 anos de vida. Flávia, que é sua fã e te adora (você sabe disso, não sabe?), parecia uma leoa, uma índia, uma mulher com uma força inimaginável, olhos que vazavam luz e que a nada miravam, protagonista de um silêncio entrecortado por urros, gemidos, um troço absolutamente impressionante por quase três horas até que o moleque abrisse o berreiro pra sossegar em seguida, deitado sobre ela durante a primeira hora de vida, a que os médicos chamam de hora de ouro. Golden hour. Goldenberg.

Deixa eu te contar um lance, acho que você vai gostar já que envolve bebida. Às 20h02 do dia 31 de maio já estávamos na maternidade. Simas mandou-me a seguinte mensagem (estou transcrevendo em nome da precisão que me acompanha — você sabe que sou preciso do início ao fim?):

"Como estão as coisas? Você pode dar uma escapada? Se puder, vai na esquina e oferece uma cachaça pro mais velho."

O Simas, o homem que toma conta de mim no que diz respeito ao intangível, cuidou de mim (e da Flávia, e do Leonel) durante toda a gravidez. Ele foi, por isso, dos primeiros a saber que estávamos a caminho da maternidade no final da manhã daquela quinta-feira. O mais velho, Jota Bê, é Exu.

Eu, aflitíssimo àquela altura, respondi (sigo transcrevendo):

"Começou o TP. Sem chance." – TP é trabalho de parto, Jota Bê.

E ele:

"Boa!!!! Eu faço aqui. Manda notícia, mesmo de madrugada. Estamos ligados. Beijo."

Às 20h52 mandei de volta:

"Não aguentei. Escapei pra dar Caninha da Roça pro homi."

Às 22h17, ele de novo:

"Tou enchendo a cara por conta. Tenso e confiante."

Não é bonito, Julinho?

Levamos um susto – escrevo agora com calma e com leveza –, porque Leonel veio três semanas antes do previsto, ficou ictérico (aquele amarelão na pele muito comum em bebês) e sua prematuridade exigiu cuidados e fototerapia ainda na maternidade.

O nascimento é tão intenso quanto a morte, quanto o suicídio, não?

Essa dicotomia, Julinho. O movimento dialético, por que não? As contradições. As certezas e as verdades que se esfumam diante dessa vida nova que chega. Leonel é, dizem, a minha cara. Um clone, disse um amigo mais impressionado com a nossa semelhança física. Eu ainda não consigo descrever o que sinto, faço questão de repetir.

E sinto, nesse momento em que escrevo, a um passo de me despedir, uma vontade agudíssima de beber contigo pra brindarmos à arte dos encontros e dos desencontros que a vida proporciona. Uma bebida que, bem sei, você saberia escolher pra esse momento, para celebrarmos a morte do seu chapa e o nascimento do meu Leonel, do nosso Leonel.

Diz pra mim: por ordens do Simas, ofereci cachaça pra Exu a poucas horas do nascimento do piá. Qual a bebida que você me ofereceria agora, no momento em que te conto sobre a chegada de Leonel?

Saravá, Julinho!

[P.S.]: Preciso e quero saber mais sobre Belém. Em breve terei de ir até lá agradecer à Nossa Senhora de Nazaré pelas graças alcançadas. Lembra do que te contei sobre a promessa que fiz no Círio do ano passado?

[São Paulo, 9 de julho de 2018]

Edu,

E não é que a seleção brasileira acaba de perder outra Copa? Previsível, dessa vez. É preciso aceitar que hoje estamos na segunda divisão do futebol contemporâneo, esse que, por sua vez, pouco me interessa.

Entre tantos esquadrões, a seleção que mais me encanta é a de 86, com Zico bichado, Sócrates absolutamente fora de forma e o fantasma do fracasso de 82 no cangote. Não tem como não se solidarizar com tanta decadência. Já a partir de 1990 poucas coisas me chamaram a atenção de maneira positiva, e passei a acompanhar o cenário com mais distância. Mas, que me perdoem os patriotas de plantão e o povo que anseia tanto por esses poucos dias de festa, como foi bom ver menino neymar tomar bem no meio do olho do cu. Cabeleireiro particular, jatinho privado, o caralho. Com ele chegamos no ápice da cretinice. Esse idiota é símbolo maior de um tempo onde importa mais o pastor e o imposto sonegado que a camisa do time. Isso sem contar o cínico bom mocismo que desonra Heleno de Freitas, Waldir Peres e Mário Sérgio Pontes de Paiva, o Rei do Gatilho. Morte ao futebol moderno, Edu.

Desabafo posto, viro o disco pra um Brasil que deu certo, até porque já demonstrei há pouco minha repulsa a esse tipo de comportamento e não quero ser chato pra caralho. Enfim, como bem sabe, fui a Belém e lá encontrei Tainá Marajoara, excepcional cozinheira com quem tinha trocado poucas e boas palavras numa feira de orgânicos organizada pelo MST, aqui em São Paulo.

Por conta de uma viagem dela, que estava em Belo Horizonte, a vi apenas poucas horas antes de embarcar de volta para São Paulo. E compartilharei contigo a seguinte informação: quando for pra lá – mesmo que por outros motivos alheios à racionalidade, como bem frisou em seu último escrito – não deixe de visitar seu espaço.

No Iacitata, a grande indústria alimentícia não tem vez, todos os ingredientes utilizados – naquilo que sempre se torna um produto ainda maior – tem procedência registrada. Farinha, cacau, tapioca, tudo. Até as bebidas, inclusive as cervejas.

E a comida é boa. Porque, pra mim, se o rango não é gostoso, o discurso cai por terra. Longe disso acontecer aqui. Além de tudo, é vendido por preço digno e acessível.

Edu, você sabe o quanto me custa elogiar tanto alguém. Mas, assim como os canalhas merecem palavras mais duras, gente boa no que faz tem mais é que ganhar todas as flores do mundo. Afinal, como diz J.D. Salinger, quem é que vai querer flores depois da morte? Tainá Marajoara é alquimista da vida, prova que é possível transformar utopia em nobre realidade, encantando todos em sua volta.

Eita que coloquei em pauta de novo a porra do tema da morte. Mas dessa vez é por um bom motivo. Explico.

É que aproveitarei o ensejo para citar um brasileiro maior, aquele que foi inspiração pra nomear o filho seu e de Flávia, Leonel.

Que peso, que fardo esse batismo, Edu. Mas, conforme já escrevi anteriormente, o garoto está em boas mãos e terá boa educação. Educação essa que espero que ele siga, e aqui dou minha palavra que me encarregarei pessoalmente de acompanhar o processo, pelo menos enquanto eu ainda tiver forças.

A minha torcida vai para que Leonel cresça no Brasil de Tainá, jamais no do menino neymar. Eu seguirei daqui escrevendo, acho que essa é a única coisa que sei fazer quase direito, além de ter gosto até que razoável pra bebida.

Sei que no parágrafo anterior deixei escapar autoelogio um tanto constrangedor, já que a escrita nem é tão direita assim. Mas admito que gosto dela e, mais que isso, é o que me mantém, como a oração já citada. Como disse um belo dia o Fabuloso Zé Rodrix, meus discos, meus livros e nada mais. Porque não confio em escritor que não lê. E montei um equipamento de som valvulado, Edu. Me divirto como criança recompondo a coleção de discos de vinil, essa que voltará a ter a grandeza que já teve nesses invernos passados onde o Palmeiras jamais se consagrou como campeão mundial.

Sobre o que escreverei nos próximos dias eu não sei, mas sei pra quem NÃO escrever. Bem, pouparei o seu tempo, antes que assim me peça, por razões óbvias. Você acaba de renascer em seu filho e isso merece total atenção.

Então, enquanto não nos encontramos pra brindarmos às vidas passadas, atuais e futuras, saiba que foi uma honra trocar esses dedos de prosa contigo e aceite um abraço do tamanho da Praça da República. Não só pra ti, como também para a família inteira: Flávia, Leonel, Frida e Pepperoni.

E, claro, um drink, como pediu. Daqui ergo um copo americano de Rabo de Galo, o legítimo coquetel. Meio Cynar 70, meio cachaça Serra das Almas.

Pro alto e avante, Edu!

Com amor,

j.

[Tijuca, 26 de julho de 2018]

Julinho:

Eu não sabia desse teu encantamento pela seleção brasileira de 1986. Mas esse papo sobre futebol, Copa do Mundo, Seleção Brasileira, lembrou-me de coisa curiosa que quero lhe contar.

A mais remota lembrança de Copa do Mundo que tenho é de 1978. Eu tinha 9 anos de idade e fomos assistir ao jogo de estreia do Brasil, contra a Suécia, na casa do seu Luiz, pai de uma amiga de meus pais, a Lys (ambos estão mortos), na Barra da Tijuca. Em 1978, Julinho, a Barra da Tijuca não era o nojo que é hoje. A Barra da Tijuca era apenas o que hoje chamam Barrinha, um pedacinho do bairro (promissor) próximo ao Canal da Barra. Mas isso não é o que quero contar.

Faltam poucos minutos pra bola rolar.

Meu pai, fumando desbragadamente e bebendo de forma desmedida, arremessou uma lata de Brahma Chopp no meu colo e gritou:

— Beba!

Lembro do assombro de minha mãe:

— Isaac! Ele só tem 9 anos!

E meu pai, num petardo à Nelinho:

— E daí? É Copa do Mundo!

Ele veio até mim, abriu a lata (ouço com nitidez o ruído até hoje) e me disse, olhos nos olhos:

— Beba, Eduardo.

Lembro bem do quanto foi estranho aquele amargo. Fiquei no gole único, o que já foi motivo de orgulho pro meu velho. Mas sei, também, que ali foi plantada uma relação de amor entre mim e a cerveja, entre mim, a cerveja e o futebol. Meu pai talvez não saiba o quanto foi importante aquele arremesso de lata em minha direção.

O jogo terminou 1 a 1 com aquele gol de cabeça do Zico anulado pelo juiz, com a bola no ar, entre o escanteio e a cabeça do Galinho de Quintino. De não se esquecer.

Dito isso — não quero perder tempo com Neymar, me perdoa —, vou ao que de fato interessa, não sem antes dizer a você que o invejei pela viagem a Belém. Eu preciso ir a Belém, Julinho. Eu preciso ir pra pagar a promessa que fiz à Nazinha, que é como eu chamo Nossa Senhora de Nazaré, a padroeira de todos os paraenses — acho que já lhe disse isso. Porque foi na festa do Círio de Nazaré do ano passado, Julinho, que, ajoelhado diante de sua imagem e com a notícia da gravidez recebida na véspera, chorei pedindo a graça que, como você sabe, veio a nós no dia 31 de maio. No ano passado, só pra você entender melhor o drama (e explicá-lo melhor), o Círio de Nazaré caiu no dia seguinte ao dia em que saiu o resultado do exame que detectou a gravidez da Morena — e pense no simbolismo ainda mais forte que a data ganhou pra nós.

Como chorei lendo sua última carta, seu filho da puta. Eu já sou um comovido em estado bruto, mas desde que nasceu nosso pequeno maragato a coisa tem tomado proporções amazônicas. Eu também quero, pra me ater à sua carinhosa carta, que Leonel cresça no Brasil de Tainá. Mas quero que ele cresça também no Brasil de Julio Bernardo (tem acento, seu nome?). Você tem um quê do Leonel Brizola (como eu, diga-se): é amado por muitos, odiado por outros tantos. A mim, entretanto, eu que venho de longe, você não engana. Tua máscara de mauzão, de grosso, nunca colou pra cima de mim. Você é, já lhe disse isso, digo isso sempre que seu nome vem à tona a quem quer que seja, um dos maiores corações que conheci, doce de pessoa, um gentleman como não se fabrica mais.

Eu preciso que você venha ao Rio.

Eu preciso que você conheça Leonel, o melhor que tenho pra oferecer ao mundo. Eu preciso que você venha me dar um abraço, que você venha abraçar a Morena, ela que gosta tanto de você (e isso me dá uma alegria incrível), ela que foi infinitamente mais do que supus quando foi trazer o Leonel à luz. Preciso contar isso a você pessoalmente. Foi a coisa mais bonita que jamais vi. A cena mais impressionante, mais impactante, mais foda que já vi em quase 50 anos de vida.

Flávia foi linda, Julinho.

Tá ainda mais bonita, depois que ele chegou.

E ele, bicho, ele eu nem sei te dizer.

Eu choro só de começar a escrever sobre ele.

Não vou fazer isso agora.

Prefiro te contar ao vivo.

De pé, diante do balcão do CTI das Almas, aquela espelunca que a gente tanto ama, como tantas espeluncas às quais não resistimos, como bem disse nosso guru em comum, Aldir Blanc – que é avô de Leonel, a quem ele chama de neto (e eu choro sempre que o ouço dizer isso).

Venha logo.

Um beijo, meu melhor e maior abraço, minha manifesta saudade.

Edu

[São Paulo, 15 de outubro de 2018]

Edu,

Já faz algum tempo desde a última carta e, embora tenha manifestado a vontade de não lhe escrever mais, mando esse bônus pedido pela nossa paciente editora e também por óbvia consideração a ti.

Desde então, pouca coisa aconteceu, a vida é previsível e estática.

Aproveitei pra ler toda a troca de correspondência e me vejo quase o tempo todo divagando sobre a morte, enquanto você transpira vida, com direito até a se tornar pai durante o processo da escrita. Bonito seu romantismo e curioso o contraste entre nossos estilos.

Mas a verdade é que meu quarto de século já passou e eu não fiz nada dele, a hora é a de me resumir à minha insignificância. Hoje meu principal patrimônio é a consciência de que não deixarei nenhum legado.

Estamos à beira de uma eleição muito difícil, sobre a qual prefiro não comentar, para esse escrito não soar deveras datado.

Porém, os últimos acontecimentos — não apenas no Brasil — nos mostram que o homem percorre uma trajetória que pouco tem a ver com a tal da utópica evolução.

De minha parte, não conduzo e nem sou conduzido. Prefiro ficar à margem e enxergando cada vez pior. Inclusive lhe envio essa sem a visão do olho direito, devido a um inusitado novo surto de esclerose múltipla.

Cegueira que me faz tropeçar no cachorro e também perder alguns objetos pela casa, tais como remédios e canetas.

Canetas que usei pra assinar alguns exemplares do livro que lancei na semana passada e tem tudo pra ser mais um grande fracasso editorial. Mas admito que fiquei aliviado com o pouco público presente, devido à falta de visão. Devo ter assinado algumas mãos e uns pedaços da mesa em frente. Mas o pior de tudo foi terem me colocado na sessão infantil da livraria, o que fez com que ouvisse a mesma piada por 3 horas seguidas. Deram-me pra assinar O Pequeno Príncipe, O Sítio do Pica Pau Amarelo, entre outras coisas. A noite seguinte — sim, tive a presunção de fazer duas noites de lançamento — foi na Talitha, onde fiquei mais à vontade, entre poucos e bons amigos.

Acontece que a tentação ao fracasso é irresistível e me levará ao Rio de Janeiro, Edu, pra lançar o "Edifício Tristeza" na Folha Seca, livraria pela qual nutro respeito e admiração.

Ou quem sabe o evento criado não seja mera desculpa pra dar na sua família toda um abraço fraternal de parabéns e despedida.

Sim, Edu. Despedida. E trate de não se preocupar, pois essa não é uma carta de suicídio, não tenho essa intenção, nem forças para tanto. Além de não ter a coragem necessária para o covarde ato, a ideia de dar trabalho pros outros me horroriza. Mas acontece que também não tenho mais saco pra nada, e a prática da morte em vida se mostra mais que real, mas um processo irreversível mesmo. Processo esse cujo curso já percorro há algum tempo. Não é de hoje que me tornei um fantasma de mim mesmo, arrastando pesadas e melancólicas correntes pelo Centro Velho da cidade em que escolhi para passar os últimos amargos suspiros, entre seres que mal notam minha fétida presença com bafo fedendo a gim.

Que Leonel e os seus vivam dias melhores, Edu.

Beijos,

j.

[Tijuca, 15 de outubro de 2018]

Julinho:

Você acha que a vida é previsível e estática? Antes fosse. A minha vida, velho, se você olhá-la assim, por cima, como quem observa um tabuleiro de xadrez (a imagem foi criada pelo Brizola, que me disse exatamente isso ao me sugerir como agir no instante de analisar qualquer situação), pode ser tudo, menos previsível e estática. Permita-me uma apertada síntese da minha vida em poucas linhas.

Nasci em 1969, o primeiro filho de pais de classe média baixa – e meu pai tem um chavão:

– Quando você nasceu, eu e sua mãe pagávamos mais de aluguel do que ganhávamos juntos.

Mamãe, espírita. Papai, filho de judeus, com aversão ao judaísmo e com forte tendência à umbanda (na véspera do meu nascimento, papai teve uma visão, viu um índio anunciando minha chegada para 27 de abril). Avó materna, espírita. Avô materno, católico apostólico romano. Avós paternos, judeus, embora minha avó, Elisa, freqüentasse centros espíritas escondida.

Apesar da aversão de meu pai ao judaísmo — adivinha? —, fui submetido à cerimônia do brit milá com oito dias de vida, cerimônia conduzida por um rabino ortodoxo. Meu avô judeu, mantendo uma tradição, mandou plantar três árvores em Israel em meu nome. E contou isso à minha avó materna (acho que para provocá-la), que, por sua vez, diante do sotaque de meu avô (nascido na Bessarábia, veio pro Brasil, fugindo, partindo de Odessa), entendeu que vovô havia mandado matar três árabes em meu nome. E deu-se o banzé no meu brit milá. Pouco depois, pra não deixar vovô triste (o avô materno, Milton), fui batizado na igreja católica, na Igreja dos Capuchinhos, veja você, na rua Haddock Lobo, onde eu iria morar muitos anos depois — e quase ao lado da igreja. Não preciso prosseguir, né? Não sei o que é previsibilidade, me perdoe.

Li e reli tua carta algumas vezes para compreender a beleza por trás da comparação, feita de forma sutil, entre o que você chamou de nossos estilos. Sabe que eu acho que são muito semelhantes? Você, irônico e sarcástico como de hábito, tenta cravar na minha testa o neon imaginário piscando ROMÂNTICO. O que é você, Julinho, senão um incorrigível romântico, tremendo bom vivente, amante da vida, das mulheres, da comida bem-feita e do álcool, a flertar permanentemente com a morte, que a todos nós espera, sob o som de metal pesado e de correntes invisíveis arrastadas por onde você passa?

Aliás, diga-se, por onde você passa, fica sua marca. Ontem mesmo, faço questão do registro embora eu tenha batido um fio pra você (batido um fio é velho demais...), recebi um presente seu que vou te contar... Um quadro, um cartaz feito por um senhor de 92 anos de idade, talvez o mais antigo cartazista do centro de São Paulo, onde se lê: FAZ UM 12, BRIZOLA. É preciso ser muito gentil, discreto (outra marca sua, apesar dos 140kg), sensível, pra pensar num presente desses.

A gente pode combinar o seguinte, Julinho. Você se mantém assim, à margem, preparando os drinks que você prepara, fingindo essa amargura toda, que eu sei que é apenas a máscara de um homem tímido pra caralho que insiste na juventude (como Blanc, por ocasião de seu cinqüentenário), flertando com a morte, seduzindo o suicídio, driblando a morte quando ela se aproxima, e eu fico daqui, lambendo a cria (já com 4 meses e 15 dias!) e com saudade de você.

Obrigado pelo seu desejo manifesto no final da carta: também espero que Leonel viva dias melhores do que estes que antecedem esta eleição tensa de 2018. Leonel me trouxe, junto com todas as belezas, o medo, sabe? Medo de morrer. E, já que falei em medo, quero te contar uma história sobre medo, fobia, envolvendo meu pai, hoje avô de Leonel.

Meu pai, Julinho, é um homem que carrega nos bolsos uma quantidade impressionante de frases feitas e tem reações pânicas.

Quero lhe contar, por exemplo, o que se passa quando mamãe serve sorvete de sobremesa.

Vamos ao cenário. Podem estar à mesa apenas nós, os 3 filhos, as noras, papai e mamãe; pode estar também a Rainha da Prússia, num dos tantos jantares de cerimônia que mamãe promove. Pode ser uma noite de festa, dezenas de convidados espalhados pelos sofás da ampla sala, apenas a comida à mesa. O que ocorre é sempre a mesmíssima coisa. A fim de simplificar o teatro, estamos apenas nós, a pequena família, à mesa. É um jantar.

Mamãe servirá o vinho e disporá os pratos no grande centro da mesa quadrada, sobre uma portentosa bandeja giratória. Brindamos, comemos, até que, em dado momento, eu pergunto:

— O que tem de sobremesa, mãe?

E quando ela diz "sorvete", dá-se a bulha. Há toda uma festa de farfalhar dos guardanapos, pés que sapateiam por baixo da mesa de mármore, talheres fazendo os pratos de xilofone, uma tensão já de todos conhecida. Papai bufa sempre que mamãe anuncia, piscando para os três filhos:

— Sorvete!

Desse momento em diante — quero crer que por conta da ansiedade pela graça de sempre — todos à mesa aceleram seus movimentos. Jantar terminado, ajudamos todos a retirar os pratos, os talheres, trazemos os pratos de sobremesa, os talheres, mas, justo quando a sobremesa é sorvete, é papai quem sai atropelado em direção à geladeira no exato instante em que está tudo pronto para servi-la.

Ele mesmo abre o pote e começa a ladainha:

— Gente, rápido! Caso contrário, o sorvete vai virar sopa!

E aí, como somos olimpicamente implicantes (como todas as famílias), a coisa demora. Mamãe serve-se primeiro. Papai arranca a colher de sua mão e a entrega para mim:

— Rápido, Eduardo! Vai virar sopa!

E dá-se o mesmo com cada um de nós...

De fato, vai, o sorvete, derretendo. E papai derrete junto, geme, diz coisas ininteligíveis entre dentes que rangem até que, desoladíssimo, como se fora viúva saudosa de um general de pijamas, recolhe o pote, levanta-se e toma a direção da cozinha bufando:

— Sopa! Virou sopa!

Houve, certa feita, um jantar de cerimônia. Mamãe trabalhava numa empresa de cosméticos, americana, e ocupava alto cargo. Parênteses.

Mamãe pode receber a Rainha da Prússia, rajás, ditadores, astros de Hollywood, não importa: papai estará descalço, o tempo todo descalço, exibindo os pés que lhe renderam, na infância, o apelido de Abominável Homem das Neves. Fecho e continuo.

O presidente da tal empresa e sua mulher (diretora não lembro do quê) eram os convidados, os homenageados da noite. Eram — o quê?! — 30, 40 convidados. Mamãe contratou serviçais, alugou castiçais de prata russa, louças inglesas, talheres impressionantes, contratou uma banqueteira de mão cheia, e havia faisões, cascatas de camarões (fazem um sucesso na Tijuca que eu vou lhe contar...), melões cortados imitando aves e o diabo. Para agradar o casal homenageado, mamãe mandou preparar o quê?! Sorvetes. E tinha sorvete de creme, sorvete de caqui, de tangerina, de limão, de todas as frutas tropicais (mamãe achou chique oferecer comida típica). Terminado o jantar, recolhida a louça pelos empregados, vieram à mesa, em suportes também de prata, os sorvetes. Mamãe visivelmente tensa (eu e meus irmãos acompanhávamos tudo pela fresta da porta do corredor). E, quando o presidente (não lembro seu nome nem à fórceps) solicitou à mocinha de uniforme um dos sorvetes (penso que era o de caqui), papai parecia em transe do outro lado da mesa. Fazia gestos em direção à menina — que não entendia nada — e dizia, sem emitir um som, em busca da compreensão da leitura labial:

— Rá-pi-do! Vai vi-rar so-pa!

Perto de fazer 50 anos, meu amigo, eu tenho muito medo de não envelhecer pra ver Leonel crescer. Tenho medo de derreter como os sorvetes que causam pânico ao meu pai. Tenho pânico, Julinho. Mas, pra resistir aos medos, acho que tem resolvido, faço graça das situações pânicas. E você? Tem medo de quê?

Beijo, saudade também.

[Belo Horizonte, 25 de outubro de 2018]

Edu,

Estou em Minas Gerais, onde lançarei meu segundo livro amanhã. Para promover a ação, criei um evento no Facebook, onde fui a única pessoa a confirmar comparecimento. Tem tudo pra ser um fracasso colossal, do qual não tenho medo. Nem interesse. A verdade é que pra mim tanto faz.

Não tenho nada a perder. Logo, não tenho medo de nada. Não tenho medo da vida nem da morte. Aliás, morreu, acabou.

Indiferença é a tônica que tem regido o outono da minha vida. Se me querem invisível, assim o serei.

Já escrevi por aqui que meu quarto de século já passou, o que não pontuei com mais veemência é que não fiz absolutamente nada de relevante nesse período. Não o fiz porque não achei necessário, mas agora faço questão de frisar, já que o nada é o ponto dessa carta.

O que me segura ainda por essas bandas é a escrita para meu pai, ou seja, para o nada, já que ele morreu em 26 de julho de 1997.

Claro que a irresistível tentação pelo fracasso também não deixa de ser interessante. Você bem sabe a quantidade de gente digna que há do lado de cá. Os vitoriosos que me perdoem, mas as derrotas são muito mais bonitas e, mais que isso, fundamentais.

E é isso que deixarei como legado, sabe-se lá pra quem, já que ninguém se importa com nada.

O cartaz do Brizola foi feito pelo Seo Francisco, quase centenário cartazista que pegou o auge das enormes salas de cinema do Centro paulistano e hoje vive de uns bicos. Ele também perdeu.

Cinemas esses que eu frequentava nos anos 80, quando pegava na Lapa o Praça Ramos 8615 e descia na Avenida São João, em busca das sessões mais interessantes do dia. Hoje essas salas se tornaram igrejas evangélicas ou cines pornôs. Aliás, foi em um deles que Seo Francisco foi resgatado, enquanto escrevia algo sobre double Caipirinhas e xoxotas. Ao ser indagado sobre a curiosa obra em andamento, respondeu sorrindo que pelo menos ainda tem algum trabalho. Derrota com dignidade, bom humor e estilo.

Lembro que às vezes voltava do Centro (ou "Cidade", como dizia minha mãe e todos os lapeanos) de trem, pra remeter à São Paulo de um dos meus escritores preferidos, o João Antônio, que vai do Terminal Luz até Osasco, Estação Presidente Altino. Uma linha reta, sem os barrancos que esse gordo que vos escreve tanto odeia. Caminhar é o único exercício que tolero, desde que em ruas planas.

Embora a malha ferroviária ainda esteja em funcionamento, a real é que a cidade que tanto gosto não existe mais, e eu mesmo me sinto como se não estivesse mais aqui.

Sei que tenho ensaiado a última carta tal como Waldick Soriano, aquele que nunca se vai. Mas, como você mesmo disse uma vez, de hoje não passa. É preciso dar um basta.

Entendo e agradeço a generosidade das suas palavras tão gentis sobre minha pessoa, apesar de saber que não sou merecedor delas.

Escrever, pra mim, além de sagrado, também é terapêutico, e tenho a impressão que as sessões desse tratamento de fato já chegaram ao fim. O que é uma pena, pois sentirei falta delas.

O diagnóstico inconclusivo a que cheguei é que, entre seu otimismo e minha melancolia, existe um buraco negro, o nada. E é nele que me encontro agora.

De maneira que te deixarei um último pedido:

Você pode contar umas mentiras no meu velório? Pode ser algo sobre meu espírito aventureiro que ninguém conhecia, coisa e tal. Algo para impressionar, algo que adie pelo menos um pouco o inevitável esquecimento. Ah! E encomende umas empadinhas com a Talitha? Sempre achei esse salgado a comida ideal para esse tipo de ocasião. De presunto, evidente, pra ornar. Pra beber, as pessoas se viram, não vou cagar regra, não. Bebida boa é bebida bebida. Além do mais, acho que ninguém abriria uma Skol litrão no local, por respeito e temor que eu levante do caixão e vá direto no pescoço do meliante. Nas caixas de som, o álbum Vida Noturna, do Aldir Blanc. Perder a vida, jamais o estilo.

Acabou, Edu. Acrescento que foi uma honra, um prazer. Ao processo de escrita dessas cartas — que é o que importa, o processo — ergo um brinde com Gimlet, meu drink preferido.

Meu abraço mais apertado,

j.

[Rio, 25 de outubro de 2018,
às vésperas do segundo turno das eleições]

Julinho:

Você já ouviu falar numa cidade chamada Nossa Senhora das Graças, no Paraná? Pois saiba que lendo seu comovente pedido com relação ao seu velório (que será atendido se você morrer antes de mim) lembrei-me da avó de uma conhecida minha que, moradora de N. Sr.ª das Graças, cidadezinha com menos de 5 mil habitantes, deixou por escrito (e tudo pago!!!) o passo-a-passo do próprio velório. Trilha sonora, cardápio, os nomes dos responsáveis pela execução de cada um dos pratos por ela desejados, as sobremesas, as bebidas, uma loucura — quase um camarim, tamanhas as exigências feitas pela velhota. Mas a dita velhota era católica praticante, o que dá algum sentido à preocupação com o último adeus.

Por falar em último adeus, permita-me contar-lhe mais uma história dentre as tantas que já contei ao longo dessas mais de – o quê?! – vinte cartas. É sobre o velório de minha avó materna, Mathilde, no final de 2010.

Foi, Julinho, como não podia deixar de ser, um velório tijucano e rodrigueano.

Logo na entrada da capelinha, uma coroa de flores gigantesca enviada por Gilberto Braga, sua irmã Rosa Maria e seu irmão Ronaldo. Vovó era amicíssima da Ieda, mãe dos três. Sua melhor amiga, contam. Os três a chamavam tia Tida e por ela tinham um carinho sem tamanho. Pois vamos à cena no melhor estilo Tijuca. As velhotas que se acotovelavam em volta do caixão vez por outra apontavam na direção da tal coroa de flores. Havia um alarido (apud Nelson Rodrigues) de vozes acompanhando aquele apontar de dedos. Até que se deu a cena de cinema.

Uma das velhas tomou a direção da coroa de flores arrastando outra velhota pela mão. Estacou diante da coroa equilibrada no cavalete, pouco depois de estender uma câmera fotográfica para sua amiga. Postou-se ao lado da boia de flores, esticou a faixa com os dizeres "saudades eternas", apontou pro nome do autor de novelas e disse pra outra:

– Tira! Tira! Vai!

Foi então que se formou uma pequena fila para a mesmíssima fotografia.

Mas não ficou aí, apenas, o tijucanismo do momento.

A certa altura, adentra a capelinha Dayse Lúcidi, prima da vovó. A radialista e atriz, hoje fazendo o papel de uma avó e cafetina na novela das oito, causou um furor de velhas no salão. Cochichos, fotografias, explosão de flashes, autógrafos.

E lá estava vovó vivendo o drama tantas vezes retratado por Nelson Rodrigues.

"A dor tem, ao fundo, um alarido de xícaras e de pires", disse o mestre.

Diante da ausência do bar da capela e da presença da modernidade, o alarido, diante da câmara mortuária de minha avó, foi de flashes e do automático das câmeras portáteis. Triste, não?

Dito isso, vou em frente.

Seu desejo, Julinho, seu desejo manifesto sobre seu próprio velório, é o retrato do anti-Julinho. Ora... se há o nada depois da morte, se nada mais importa a você depois do último suspiro, por que, meu chapa, por que essa preocupação com o gurufim?

Você, homem de poucos mas fiéis amigos, sabe que terá um velório de fazer história. E eu, é compromisso que assumo por escrito, providenciarei para que tudo saia como o som de Tim Maia. Penso em fazer do seu esquife, um balcão. Pense que genial! Seus amigos, suas amigas, os homens e as mulheres que te cercaram em vida, bebendo com copos e taças pousados sobre a janelinha do ataúde, todos os drinks preparados por gente à altura de Julio Bernardo, sob seu último olhar. Os salgadinhos de presunto, pra ornar, conforme sua vontade, serão encomendados com a Talitha e a Dona Onça, o que você acha? E o que você acha de pedir ao J. Rueda que asse um porco para defumar o ambiente? E que tal esse velório no Edifício Tristeza, na sala que antecede seu quarto? Que tal se eu encomendar, já, ao Francisco, um cartaz pra indicar aos presentes a localização do seu corpo?

Você não tem vontade nenhuma de morrer, Julinho. Nem eu – faço nova confissão sem que você tenha me pedido. E não morreremos, porque seremos lembrados pelo bem ou pelo mal que causamos. Somos homens de causar estardalhaço sem fazer escândalo. Nunca passamos desapercebidos – a razão não importa. O que significa dizer, em apertada síntese, que falarão de nós depois que partirmos para o plano superior (uma das expressões que mais nojo me causa), o que nos garantirá vida após a morte.

Providenciarei que toque Aldir Blanc durante a cerimônia do adeus. Apontarei pro teu corpo imenso guardado dentro do caixão depois de ter bebido bastante pra ter argumento e direi, de olhos rútilos e queixo como uma quilha apontado pra frente (obrigado, N.R.):

– É um dos nossos.

Foi um prazer trocar correspondência contigo, velho Jota.

Termino chorando – sou um comovido incorrigível, você sabe.

Perdoe-me por isso.

É tudo, e será sempre assim, por amor.

Edu

SOBRE OS AUTORES

JULIO BERNARDO é boêmio e escritor. É autor de "Dias de feira" (Companhia das Letras, 2014) e "Edifício Tristeza" (Realejo, 2018). Tem dois pugs, Shoyu e Petisco, e escreve no **edificiotristeza.com**

EDUARDO GOLDENBERG é tijucano e advogado. É autor de "Meu lar é o botequim" (Casa de Jorge, 2005). Pai do Leonel, escreve (cada vez mais raramente) no **butecodoedu.wordpress.com**

AGRADECIMENTOS

A **CAROLINA CADAVID**, companheira que foi imprescindível para a realização deste livro. Sem sua leitura cuidadosa e parceria de primeira hora, "De hoje não passa" não teria chegado aos leitores.

A **HUMBERTO HERMETO** que não só ilustrou e concebeu a ideia da capa deste livro, mas foi extremamente paciente com nossos pedidos.

Este livro foi impresso pela gráfica Rotaplan em fevereiro de 2019, 30 anos depois da eleição de Fernando Collor de Mello, o Caçador de Marajás, para a Presidência da República. Ele foi composto em Chronicle. O miolo foi impresso em pólen bold $90g/m^2$ e a capa em triplex $300g/m^2$.